KB115362

변혁 1998 3권

천지무천 장편 소설

초판 1쇄 찍은 날 § 2020년 3월 25일
초판 1쇄 펴낸 날 § 2020년 4월 1일

지은이 § 천지무천
펴낸이 § 서경석

총괄팀장 § 노종아
편집책임 § 김예슬
디자인 § 소소연

펴낸곳 § 도서출판 청어람
등록번호 § 제387-1999-000006호
등록일자 § 1999. 5. 31
어람번호 § 제1-3040호

주소 § 경기도 부천시 부일로 483번길 40 서경B/D 3F (우) 14640
전화 § 032-656-4452 팩스 § 032-656-4453
http://www.chungeoram.com
E-mail § chungeorambook@daum.net

ⓒ 천지무천, 2019

ISBN 979-11-04-92173-5 04810
ISBN 979-11-04-92148-3 (세트)

3

천지무천 장편소설

FUSION FANTASTIC STORY

변혁 1998

변혁 2부

청어람
S서출판

변혁
1998

목차

Chapter 1

　　대산그룹 본사가 있는 태평로에 주선일보 서주원 주필이 방문했다.

　　평소 외부에서 대산그룹의 이대수 회장을 만났던 것과는 다른 모습이었다.

"회장님께서 자리를 한번 마련해 주시면 고맙겠습니다."

"강 회장께 전화는 해보셨습니까?"

"여러 루트를 통해서 접촉을 시도해 보았지만, 일절 대답이 없었습니다."

"흠, 그 정도의 반응이라면 쉽지는 않겠습니다. 강 회장의 성격은 끊고 맺음이 강하더군요."

이대수 회장은 강태수 회장을 미르재단에 끌어들이려고 부단히 노력했지만 뜻을 이루지 못했다.

그때 강태수 회장의 성격이 호락호락하지 않다는 것을 알게 되었다.

"지금 저희 쪽 상황이 여의치가 않습니다. 닉스홀딩스가 국내는 물론이고 미국에서도 소송전을 벌이려고 하는 것 같습니다."

"미국에서도 소송을 진행한다고요?"

"예, 저희 측 변호사가 닉스홀딩스 측 변호사를 만나는 자리에서 1억 달러에 달하는 소송을 준비 중이라고 이야기했다고 합니다. 국내 소송은 어떻게든 저희가 대응을 한다지만, 솔직히 미국은 힘에 부칩니다."

"허허! 어쩌다가 그 지경까지 가신 것입니까?"

서주원 주필의 말에 이대수 회장은 걱정스러운 표정으로 물었다.

"닉스홀딩스가 너무 고자세로 나오다 보니, 저희 쪽 애들이 너무 욕심을 부린 것 같습니다. 불필요한 내용까지 기사화한 것이 문제가 되었습니다."

"흠, 그런 상황이라면 제가 나선다고 해도 강 회장이 만나줄지 장담하기가 힘들 것 같은데."

"지금 기댈 수 있는 것은 이 회장님뿐입니다. 저희 주선일보
가 흔들리면 한종태 대표님의 대권 일정에도 차질이 생길 수
있습니다."

"무슨 말씀인지 알겠습니다. 제가 나서보기는 하겠지만 쉽
지는 않다는 것을 아셔야 합니다."

"예, 저희도 강 회장에게 화해의 제스처를 취할 것입니다.
오늘자 주선일보에 닉스홀딩스에 대한 사설을 실었습니다."

주선일보는 닉스홀딩스가 지닌 역량과 방향에 대한 사설이
었다.

국내 기업들이 닉스홀딩스처럼 세계로 나가지 못한다면 지
금의 경제적 어려움을 극복하지 못한다는 내용이었다.

"알겠습니다. 약속을 어떡하든지 잡아보겠습니다."

"감사합니다. 회장님의 도움은 잊지 않겠습니다."

서주원은 고개를 숙여 감사를 표했다.

지금 주선일보의 입장에서는 썩은 동아줄이라도 필요한 상
황이었다.

*　　　　　*　　　　　*

아침이 되자 닉스소빈병원의 참상이 하나둘 드러났다.

전쟁터를 방불케 하는 병원의 모습 중 별관의 상황이 가장 심각했다.

끝까지 저항하던 데스엔젤의 인물들이 별관으로 이동하여 마지막 한 사람까지 총을 놓지 않았다.

수십 발의 총격을 받아도 통증을 느끼지 못하는 데스엔젤의 인물들이 반격을 가해왔다.

더 큰 희생을 막기 위해서 내부 진압을 포기하고 아예 별관이 무너질 정도로 RPG-7 휴대용 로켓 발사기와 유탄 발사기를 별관에 쏟아부었다.

데스엔젤을 처리했지만, 코사크의 피해 또한 상당했다.

병원에서 데스엔젤과 전투를 벌였던 코사크 타격대 13팀과 22명의 전투 대원 중 삼분의 일이 사망했고, 부상자도 절반에 달할 정도로 큰 피해를 보았다.

충분히 준비한 상태에서 당한 일이라 코사크의 충격은 적지 않았다.

"14명이 사망했습니다. 부상자 중에서도 중상자가 많아서 사망자가 더 나올 수 있다고 합니다."

DR콩고로 향하는 비행기 안에서 김만철 경호실장의 보고를 받았다.

"흠, 코사크 타격대가 대비하고 있었는데도 이런 피해가 발생했다는 것이 믿기지 않습니다. 더구나 전투대원들도 충분한 훈련과 전투 경험을 가졌는데 말입니다."

전투대원들은 DR콩고의 내전과 앙골라의 침입 때 전투에 참가했었다.

상대적으로 전투력이 떨어지는 아프리카 군인들이었지만 실전 경험은 풍부했다.

"전투 약물의 힘이 실로 대단한 것 같습니다. 사로잡힌 데스엔젤의 인물에게서 약물을 입수했다고 하니까 정확한 효과와 효능을 밝혀낼 수 있을 것입니다."

"놈들이 점점 앞뒤를 가리지 않고 덤벼드는 것 같습니다."

탄자니아의 쿠데타와 주민 학살에 이어서 DR콩고에서는 무차별적인 테러를 일으켰다.

"우리를 향한 경제적인 공격이 먹혀들지 않으니, 다른 방법을 찾는 것 같습니다."

룩오일NY의 루슬란 비서실장의 말이었다.

"틀린 말이 아니야. 오히려 공격을 감행한 웨스트의 금융 세력이 타격을 입었으니까. 한 번 더 헤지펀드 사태와 같은 충격을 받는다면 금융 카르텔은 무너질 거야."

지금까지의 공격 방식은 오히려 룩오일NY와 닉스홀딩스에 반격을 당해 더 큰 손해를 불러왔다.

"놈들이 코너에 몰린 것이 아닌지 모르겠습니다. 이런 방법으로 나온다는 것이 의심이 들 정도입니다."

"테러를 일으킨 정확한 주체를 찾아야 합니다. 의심이 가는 MI6와 SAS에 대한 정확한 증거 또한 확보해야 합니다. 그래야 코사크가 당한 복수를 할 수 있으니까요."

"코사크 정보센터와 FSB(러시아 연방보안국)가 움직이고 있습니다. CIA의 에임스 전 부국장이 건네준 유럽 정보망도 새롭게 구축되어 활동을 시작했습니다."

CIA를 두고 벌어졌던 암투에서 밀려난 에임스 전 CIA 부국장은 러시아에 머물고 있었다.

그가 러시아에서 안전하게 보호를 받으면서 걱정 없이 생활할 수 있게 해준 대가는 에임스가 지닌 정보였다.

에임스가 건네준 정보망을 다시금 가동하고 보강하는 데만 2억 달러가 들어갔다.

"그나마 좋은 소식이군요. 이번에는 그냥 넘어갈 수 없습니다. 이번 일을 주동한 자들에게 반드시 대가를 치르게 해야 합니다."

"물론입니다. 코사크에 전향한 흑천의 인물들을 정 부장이 데리고 오스트리아 빈으로 날아갔습니다."

사하공화국 야쿠츠크에 있는 코사크교도소에 수용되었던 흑천의 인물들 중 상당수가 코사크에 전향했다.

흑천의 붕괴와 천산의 죽음이 모든 것을 달라지게 했다.

"이제야 그들을 사용할 때가 되었군요."

김만철 경호실장의 말처럼 코사크교도소 수감 중인 28명의 흑천인 중 21명이 전향했었다.

그중 부상 후유증으로 정상적인 몸 상태가 아닌 8명을 뺀 13명이 코사크의 비밀 무기인 스메르띠(죽음) 팀에서 활동했다.

스메르띠를 이끄는 책임자는 티토브 정이었다.

"놈들이 우릴 건드린 것을 후회하게 될 것입니다. 스메르띠(죽음)가 놈들을 찾아갈 테니까요."

스메르띠는 코사크 타격대가 받는 훈련을 모두 소화했을 뿐만 아니라 KGB 시절부터 내려오던 암살 교육을 별도로 받았다.

스메르띠 팀에 속한 인물들은 맨손으로 사람을 죽이는 능력을 가졌을 뿐만 아니라, 일상생활에서 사용되는 모든 도구들도 무기화시킬 수 있었다.

여기에 각종 화기와 폭탄을 다루는 훈련까지 숙달했다.

*　　　　*　　　　*

영국 MI6(비밀정보부)의 특수지원처를 담당하고 있는 사이먼 스미스 국장은 해외 공작 통제단장인 존슨을 만났다.

비밀정보부(MI6)는 외무장관이 임명한 부장(chief)는 대표하며, 비밀정보부의 모든 활동은 부장의 통제하에 있다.

부장 밑에 국장(Director)가 지휘하는 인사·행정처, 특수지원처, 방첩 및 보안처, 그리고 정보 요건 및 생산처 등 4개의 부처가 있다.

정보 요건 및 생산처 밑에 해외 공작을 통제하는 통제단이 있다

"탄자니아의 작전은 실패한 것 같아."

"꼬리를 잘라야 할 것 같습니다."

스미스 국장의 말에 존슨 단장은 고개를 끄떡였다.

해외 공작을 담당하는 보안처가 아닌 특수지원처가 통제단과 함께 비밀리에 작전을 진행했다.

여기에 통제단 아래에 있는 7개의 통제관 중 아프리카 담당 통제관인 테리사 메이가 참여했다.

비밀정보부의 해외 공작은 러시아 블록, 서유럽, 서반구, 중동, 아프리카, 극동, 그리고 영국 등 7개 지역으로 구분되어 이루어진다.

"맨덜슨 부장과는 교감이 없었기 때문에 문제가 될 수 있어."

"그럼, 브라운을 처리해야 합니다."

"흠, 아까운 인물인데."

"맨덜슨 부장이 분명 브라운을 불러들일 것입니다. 카로에서 올리버를 처리하지 못한 일에 대해 책임을 물으면 됩니다."

"브라운을 처리하면 중부 아프리카에서 더욱 어려워질 수 있어."

"지금은 한발 뒤로 물러날 때입니다. 이미 코사크는 올리버를 앞세워 BBC가 보도한 학살 문제를 다시금 제기할 것입니다. 그렇게 되면 자칫 브라운을 통해서 SAS와 데스엔젤로 이어지는 연결 고리가 드러날 수 있습니다."

"카로와 루룸바시에 투입된 데스엔젤은 모두 전멸한 것이지?"

"예, 현장에서 확인했습니다. 투입된 병력 모두 현장에서 처리되었습니다."

"좋아, 브라운을 처리하고 데스엔젤의 흔적도 최대한 지워 버려."

"예, 처리팀을 보내겠습니다."

"그리고 중부 아프리카의 교두보는 어떻게든지 유지할 수 있도록 해봐. 이대로 두면 자칫 표도르 강에게 남부 아프리카까지 넘겨줄 수 있어."

"대비책을 다시 세우겠습니다."

통제단장인 존슨의 말에 스미스 국장은 고개를 끄떡였다.

아프리카에서 절대적 영향력을 행사하던 이스트 세력이 중부 아프리카에서 힘을 잃은 것은 큰 충격이었다.

광물자원의 부국인 DR콩고와 브룬디, 르완다의 내전이 표도르 강에 의해서 해결될 줄은 꿈에도 몰랐기 때문이다.

더구나 이들 나라가 표도르 강과 손을 잡고서 식민지 경제에서 벗어나 경제 도약을 진행하는 것에 불안함을 느꼈다.

*　　　　　*　　　　　*

서울에서 출발한 전용기는 긴 비행시간 끝에 DR콩고의 수도인 킨샤사에 도착했다.

비행기에서 내린 일행은 다시금 대기하고 있는 카로행 스카이 항공 소속 비행기에 올라탔다.

킨샤사 공항에는 모스크바에서 날아온 코사크 타격대 2개 팀이 대기하고 있었다.

코사크 타격대 3팀과 4팀은 1팀과 2팀과 함께 최정예로 불리는 팀이다.

일류신 IL—76 비행기 2대는 곧장 카로를 향해 날아올랐다.

IL—76은 단거리뿐만 아니라 비포장 활주로에도 이착륙할 수 있었다.

"피곤하지 않으십니까?"

"피곤할 사이도 없는 것 같습니다."

김만철 경호실장이 얼음이 담긴 위스키 잔을 건네며 말했다.

함께한 비서실 직원들과 경호실 직원들 상당수가 긴 비행에서 오는 피로감에 의자에 앉자마자 곯아떨어졌다.

"정말 대단하시십니다. 한국에서 출발하실 때에도 잠을 주무시지 못했는데 말입니다."

"요즘 들어 점점 잠이 없어지는 것 같습니다."

하루에 4~5시간 정도 숙면을 취할 뿐이었다.

"늙으면 잠이 없어진다고는 하지만 회장님은 아직 장가도 안 간 팔팔한 청춘이 아닙니까?"

"후후! 팔팔한 청춘이지만 마음은 이미 지천명(하늘의 명을 알았다. 50세)에 도달한 것 같습니다."

"하하하! 생각하시는 것은 지천명이 아니라 이순(耳順)에 도달한 사람이십니다."

이순은 귀가 순해져 모든 말을 객관적으로 듣고 이해할 수 있는 나이를 비유하는 말로, 예순 살의 나이를 가리키는 말로 쓰였다.

"정말 그렇게 보이십니까?"

"물론이지요. 비행기에 올라탄 모두가 그렇게 생각할 것입니다. 회장님의 생각을 예측할 수 있는 사람은 아마도 이 지구 상에는 없을 것입니다."

"그게 무슨 말입니까?"

"회장님과 저를 비롯한 회사 직원들과의 생각의 차이를 말하는 것입니다. 한마디로 너무 앞서가신다는 말이지요."

"그렇게 앞서갑니까?"

"예, 어떨 때는 이 세상에서 벌어지는 일들을 모두 알고 계신 것이 아닌가? 하는 생각이 들 정도니까요."

"하하하! 그럼, 모두 알고 있다고 말하면 믿으시겠습니까?"

"정말이십니까?"

내 말에 김만철 경호실장은 놀란 토끼 눈을 하며 되물었다.

"아니요, 그랬다면 탄자니아와 카로에서 벌어진 테러를 막았겠지요."

"아! 그렇겠네요."

내 말에 김만철 경호실장은 술잔을 입으로 가져가며 말했다.

"우리가 올바른 길을 걸어가는 것이겠지요?"

세상의 정의를 실현한다는 핑계로 더 큰 권력을 만들어가는 것이 아닌가 하는 생각이 가끔 들기도 했다.

그만큼 룩오일NY와 닉스홀딩스가 가진 힘이 점점 커지고 있었다.

"저의 생각을 말하라고 하시면 회장님이 하시는 일들은 분명 옳은 일입니다. 그렇지 않았다면 제 목숨을 회장님께 맡기지 않았을 것입니다."

김만철 경호실장의 대답에 절로 고개가 끄떡여졌다.

나를 전적으로 믿어주는 사람이 단 한 사람만 있어도 힘이 나는 세상이다.

하물며 자신의 목숨을 맡길 정도로 믿어주는 사람이 옆에 있다는 것은 진정 행복한 일이었다.

Chapter 2

카로에 도착하자마자 곧장 닉스소빈병원으로 향했다.

전해 들은 대로 병원은 폭격을 맞은 듯이 심하게 부서지고 별관은 3층이 무너져 내렸다.

그나마 다행스러운 것은 병원 관계자와 입원 환자 중에는 사망자는 물론 부상자가 전혀 발생하지 않았다.

무너진 별관과 파손된 병원에 대한 복구 작업이 곧바로 진행되고 있었다.

"부상자들의 치료는 어떻게 진행되고 있나?"

코사크 중부 아프리카 본부를 이끄는 요스포브 본부장에게 물었다.

"다행히도 수술실과 집중 치료실이 파손되지 않아서 부상자들의 치료는 문제없이 진행되고 있습니다. 부족한 병실은 소빈간호대학를 이용하고 있습니다."

카로에 설립한 소빈간호대학은 닉스소빈병원과 50m밖에 떨어져 있지 않았다.

소빈간호대학에는 실습을 위한 병실과 치료실이 있었다.

"코사크의 모든 역량을 다 동원해서라도 부상자들을 완벽하게 치료할 수 있도록 진행하게."

"예, 오늘 중으로 모스크바에서 출발한 소빈메티컬 의료진이 도착할 예정입니다."

카로에 있는 닉스소빈병원에도 의사들이 적지는 않았지만, 경험 많은 전문의는 부족했다.

모스크바에 있는 소빈메티컬의 최고 실력의 의료진이 특별 기편으로 카로로 날아오고 있었다.

"부상자들이 있는 곳으로 갑시다."

닉스소빈병원을 지키던 코사크 타격대와 전투대원이 치료를 받는 곳은 본관 1층과 지하층이었다.

본관 3층과 2층은 또한 전투로 인해서 파손된 곳이 적지 않았다.

대부분의 부상자들은 총상과 수류탄 파편에 의한 부상이었다.

"힘든 점이나 불편한 점이 있으면 언제든지 나에게 이야기하게."

부상자들이 있는 병실을 방문한 나는 침상에 누워 있는 대원들을 한 명, 한 명 위로하며 격려했다.

"불편하고 힘든 점은 없습니다."

"저흰 부여된 임무를 수행했을 뿐입니다. 이렇게 찾아주셔서 정말 감사드립니다."

대원들은 나의 방문과 격려에 큰 힘을 받았다.

전투가 벌어진 지 하루 만에 지구 반대편에 있던 내가 직접 날아왔기 때문이다.

"그렇게 생각해 주니, 정말 고맙다고 말할 뿐이다. 여러분의 희생과 노력이 없었다면 무고한 생명들이 사라졌을 것이다. 부상한 여러분들을 위해서 모스크바 소빈메티컬의 최고 실력을 갖춘 의사들이 이곳으로 오고 있다. 이곳에서 치료를 잘 받은 후에 소빈메디컬에서 다친 곳을 완벽하게 치료받을 것이다. 여러분의 수고에 대한 의미로 코사크에서 미화 3천 달러의 보너스와 함께 퇴원 후, 한 달간의 휴가를 보내게 될 것이다. 여기에 추가로 7천 달러의 보너스를 내가 추가로 지급하도록 하겠다."

작년 우리나라는 외환 위기 여파로 1인당 국민소득이 연간 1만 달러에서 6,600달러 수준으로 떨어졌다.

러시아는 1인당 국민소득이 연간 1,850달러 수준이다.

미화 1만 달러는 러시아에서는 쉽게 만져볼 수 없는 큰돈이었다.

"와! 정말 감사합니다."

"하하하! 고맙습니다. 코사크에 들어온 보람과 자부심이 듭니다."

"역시! 코사크가 최고입니다."

병실에 있던 코사크 타격대원과 전투원들은 환호성을 지르며 기뻐했다.

코사크는 국가 소속인 아닌 영리 목적의 민간 군사 기업을 지향한다.

이곳에 속한 대원들 모두가 각자 주어진 임무에 따른 합당한 보수와 대가를 받았다.

생각지도 못한 보너스는 대원들의 사기를 드높였다.

"이번 작전에 투입된 코사크 대원들에게도 적합한 보너스와 휴가를 지급하게."

"예, 바로 조치하겠습니다."

요스포브에게 지시를 내린 후 포로로 잡힌 데스엔젤이 있는 곳으로 향했다.

*   *   *

포로로 잡힌 인물의 이름은 에디 스톤으로 저격을 담당했
다.

스톤의 저격으로 다섯 명의 코사크 대원이 사망할 정도로
뛰어난 실력을 갖추었다.

"데스엔젤의 침입 목적은 BBC 음향 담당 기사인 올리버를
제거하기 위한 것임을 확인했습니다. 탄자니아의 주민 학살도
데스엔젤이 주도한 일이었습니다."

심문을 담당한 카로의 정보센터장인 올렉의 말이었다.

에디 스톤은 SAS 출신답게 순순히 자백하지 않았지만, FSB에
서 제공한 자백 약물을 이겨내지 못했다.

"다른 것은 없었나?"

"데스엔젤을 이끄는 인물은 브라운이라는 이름을 쓰는 금
발이라고 합니다. 30대 후반에서 40대 초반의 나이로 보이는
브라운은 탄자니아에 일어난 쿠데타에서 연관된 것으로 추정
되고 있습니다."

"브라운의 사진은 확보했나?"

"현재 탄자니아와 DR콩고의 공항에서 촬영된 영상을 조사하고 있습니다. 이동 경로를 봤을 때 두 나라의 공항을 이용한 것이 확실합니다."

"좋아, 에디 스톤을 만나보지."

에디 스톤은 코사크 중부 아프리카 본부에 설치된 유치장에 갇혀 있었다.

끼이익!

덜컹!

유치장의 문이 열리고 에디 스톤이 있는 방으로 들어갔다.

유치장 문이 열리는 소리에 벽 쪽으로 누워 있던 스톤이 몸을 움츠리며 말했다.

"더는 한 말이 없다."

"난 표도르 강이라고 한다. 들어본 적이 있겠지?"

내 말에 에디 스톤은 힘겹게 몸을 일으켜 나를 바라보았다.

"난 너희를 용서할 생각이 없다. 너희 데스엔젤은 머리부터 발끝까지 철저하게 부서져 나갈 것이다. 지금 이 시각부터 아프리카와 유럽에 있는 너희 조직원들에 대한 추적이 들어갈 것이고, 모두가 이 세상 사람이 아니게 될 거야."

"그게 마음대로 될까? 코사크가 뛰어난 것처럼 우리도 만만치 않을 텐데."

에디 스톤은 나를 노려보며 말했다.

"과연 그럴까? 자, 네 귀로 똑똑히 들어봐라."

내 말이 떨어지자 올렉은 위성통신이 가능한 무전기를 켰다.

"라이온의 명령이 떨어졌다, 놈들을 제거해라."

—사격 개시!

타다다다탕! 타다다타탕! 드르르륵!

쾅! 콰쾅!

순간 요란한 총소리와 폭발음이 들려왔다.

"탄자니아에서 잠비아의 툰두마로 넘어가는 곳에서 데스엔젤의 나머지 인물들을 포착했다. 이것은 끝이 아닌 시작일 뿐이지."

—놈들을 모두 처리했다.

잠시 뒤 무전이 전해졌다.

"내가 지금 이 상황을 믿을 것 같아. 날 속일 수는 없어!"

에디 스톤은 말도 안 된다는 표정이었다.

"후후! 정말 어리석은 놈이군. 눈으로 보이는 것만 믿는다면 증거를 보여주지."

"처리된 데스엔젤의 소지품을 확인해 사망자의 신분을 확인해라."

내 말이 끝나자마자 올렉이 목소리가 무전기로 전달되었다.

─알겠습니다.

"너흰 건드리지 말아야 할 사람을 건드렸다."

─패트릭 오닐! 1970년생, 사이먼 라일리! 1968년생, 데카드 쇼! 1971년생, 존 매컬리스⋯⋯.

"그만! 더는 듣고 싶지 않습니다."

동료들의 죽음이 진실로 느껴지자 에디 스톤은 양쪽 귀를 감싸며 소리쳤다.

"이제부터 시작일 뿐이야."

"저흰 후유증을 고치기 위해 시키는 대로 했을 뿐입니다. 데스엔젤은 SAS에서 제대한 인물들로 구성된⋯⋯."

나의 말이 거짓이 아니란 것을 확인한 순간부터 에디 스톤은 묻지도 않은 말을 쏟아내기 시작했다.

* * *

오스트리아 빈에 도착한 티토브 정과 스메르띠에 소속된 박종대는 5층짜리 상가 건물 안으로 들어갔다.

1층에는 식당이 있었고, 2층부터 5층은 작은 호텔로 사용하는 건물이었다.

"제임스의 소개로 예약했습니다."

호텔에 들어서자 티토브 정은 카운터에 있는 직원에게 말을 건넸다.

"환영합니다. 주문한 물건은 301호에 갖다 놓았습니다."

호텔 직원은 미소를 지으며 호텔 객실 열쇠를 건네주었다.

"감사합니다."

열쇠를 받아든 티토브 정은 곧장 3층으로 향했다.

방문을 열고 들어선 객실에는 침대 2개가 보였고, 첫 번째 침대 위에 여행용 가방 하나와 작은 서류 가방이 놓여 있었다.

여행용 가방을 열자 소음기가 달린 권총과 탄창, 소형 무전기, 그리고 유럽에서 사용할 수 있는 핸드폰이 들어 있었다.

"서류를 확인해 봐."

티토브 정의 말에 박종대는 서류 가방을 열었다.

박종대는 흑천의 인물로 강태수 회장의 집을 침입했던 인물 중 하나였다.

함께 침입했던 조영석과 서광열 또한 작전을 위해 프랑스 파리에 머물고 있었다.

"제거 대상은 조 하퍼와 제러미 헌트입니다."

박종대가 티토브 정에게 건네준 서류에는 사진과 이름, 그리고 직책이 나와 있었다.

두 사람은 영국 MI6에 해외 공작 통제단에 속한 인물들로 데스엔젤과 연계된 자들이었다.

MI6는 SAS에서 은퇴한 퇴역 군인들을 통해서 유럽의 용병 시장을 다시금 장악하려는 의도를 드러내고 있었다.

그동안 여러 용병 단체가 코사크에 의해서 제거되었다.

"서유럽의 용병들을 다시금 모아들이려고 하는군."

서유럽의 특수부대에서 퇴역한 자들 중 적지 않은 숫자가 정상적인 직장을 갖지 못하고 있었다.

"어중이떠중이를 모아봤자 전혀 힘이 되지 않습니다."

"놈들을 우습게 생각하지 마라. 최첨단 무기와 함께 고도의 훈련을 거친 자들이 목적이 생기면 한 나라도 무너뜨릴 힘이 나온다. 더구나 놈들은 전투 약물을 통해서 인간 같지 않은 인물을 탄생시켰으니까."

"전투 약물의 효과가 그렇게 뛰어납니까?"

"카로에서 벌어진 전투에서 마지막까지 저항한 인물은 수십 발의 총탄을 맞아도 숨이 끊어지지 않았다고 한다. 내가 런던에서 보았던 놈들은 스스로 폭주해 몸이 산산조각이 났었지. 그런데 카로에서는 그런 일이 벌어지지 않았어. 전투 약물이 업그레이드된 것으로 봐야겠지."

"수십 발이라. 놀라운 일이군요."

"전투 약물을 사용한 자를 바로 죽이려면 머리를 노려야 하지. 그래서 너희에게도 총기를 지급하고 사격 훈련을 받게 한 것이다."

"전 아직도 총이 익숙지가 않습니다."

박종대가 권총을 들어서 창문을 향해 겨누어 보았다.

"한국에서처럼 생각하면 우리가 당할 수 있다. 주먹보다 총알이 빠르니까."

"예, 작전은 언제쯤 진행합니까?"

박종대는 고개를 끄덕이며 말했다.

"제러미 헌트가 도착하는 내일, 두 사람이 만날 것이다. 그때를 노리도록 하지."

"알겠습니다."

"그럼, 그동안 우린 관광을 좀 해볼까."

티토브 정이 짐을 정리한 후에 호텔을 나섰다.

KGB 시절 티토브 정은 오스트리아 빈에서 여러 건의 작전을 수행했었다.

*   *   *

카로에 DR콩고 미나쿠 대통령이 방문했다.

미나쿠 대통령은 카로에 도착하자마자 성명을 발표했다.

카로에서 발생한 테러를 절대적으로 용서하지 않을 것이며 이와 연관된 나라와는 외교 단절까지 고려하겠다는 강력한 의사 표현을 전했다.

닉스소빈병원 테러와 연관된 나라에 대한 증거를 수집 중이며 탄자니아와 협조하여 테러범의 실체를 반드시 밝히겠다고 천명했다.

"마중을 나가지 못해서 죄송합니다. 곧장 카로로 날아가실지 몰랐습니다."

미나쿠 대통령은 나를 보자마자 반갑게 안으며 말했다.

그를 DR콩고의 대통령으로 만든 인물이 나였고, 그로 인해서 DR콩고에서 벌어지는 광물자원 사업과 국책 사업은 대부분 닉스홀딩스와 룩오일NY에서 맡아 진행했다.

"아닙니다. 사태를 빨리 수습하기 위해서 인사를 드릴 수가 없었습니다."

"강 회장님이 있었기에 이 정도로 끝날 수 있었습니다. 정말 감사하게 생각합니다. 그리고 보내주신 정보는 잘 받았습니다. 정말 영국이 중부 아프리카 국가들에 연쇄적인 쿠데타를 일으키려고 한 것입니까?"

"예, 엄밀히 말하면 이스트 세력에 속한 영국 비밀정보부가 주도한 일입니다. 그 시발점이 탄자니아였고, 그다음은 우간다였습니다. 쿠데타로 인한 연쇄적인 혼란을 통해서 국경 지대를 약화시킨 다음 이전처럼 부족 간의 갈등을 촉발하고 내전을 일으켜……."

영국 MI6(비밀정보부)와 유럽의 정보부 중 일부가 참여한 중부 아프리카 작전에 대한 서류가 툰두마에서 코사크 타격대에게 전멸한 데스엔젤 대원의 품에서 나왔다.

죽은 사내는 데스엔젤에 속한 인물이 아닌 MI6의 비밀공작원이었다.

중부 아프리카에서 밀려난 이스트 세력이 다시금 자연스럽게 들어오는 방법은 각국의 내전 중재를 가장한 군사적인 지원이었다.

내전과 분쟁이 사라진 중부 아프리카를 다시금 혼란스럽게 만들기 위해서 가장 먼저 처리해야 할 대상이 코사크였다.

코사크가 중부 아프리카에서 사라진다면 어느 때든지 혼란과 분란을 일으킬 수 있었다.

그래서 코사크를 궁지에 몰아붙이기 위한 작전이 주도면밀하게 탄자니아에서 벌어졌던 것이다.

　DR콩고 카로에서 일어난 닉스소빈병원 테러 소식은 탄자니아 학살 때와는 달리 영국의 BBC를 비롯한 AFP, 로이터, AP 통신사 등 서방의 주요 언론에 조명되지 않았다.

　러시아의 타스 통신과 동유럽, 그리고 아시아의 몇몇 언론에서만 테러에 대한 소식을 전했다.

　북미 언론도 간략한 소식만을 전할 뿐이었다.

　카로는 코사크의 적극적인 대응으로 빠르게 안정과 질서를 회복했다.

DR콩고에 진출한 닉스E&C는 곧바로 닉스소빈병원에 대한 복구 작업과 함께 병원을 더욱 넓히는 공사에 들어갔다.

지금의 병원보다 2배 정도 더 크게 병원을 증축하기로 했으며, 이에 따른 비용은 DR콩고 정부와 닉스코아에서 반반씩 부담하기로 했다.

닉스코아는 DR콩고의 광물 사업을 전반적으로 주도하고 있었다.

기존에 서방 기업들과는 달리 DR콩고에 도움이 되는 각종 사업을 적극적으로 진행하여 닉스코아는 현지 주민들에게 큰 인기를 얻었다.

닉스코아는 DR콩고에서 매장된 각종 광물만을 채굴하여 수출하는 것이 아닌 현지에 제련 공장을 설립해 고용을 창출하고 부가가치를 더욱 끌어올려 제값을 받을 수 있게 해주었다.

이로 인해 카로와 루룸바시 등 광물자원이 풍부한 지역의 경제는 서서히 기지개를 켜고 있었다.

테러로 얼룩진 두 도시였지만, DR콩고 정부는 이전 정부와 달리 발 빠르게 움직여 도시를 정상화했다.

미나쿠 대통령의 지도력이 다시 한번 입증되는 일이었다.

"미나쿠 대통령이 DR콩고 정보부(ANR) 확대 개편에 코사크가 적극적으로 참여해 주길 원했습니다."

미나쿠 대통령과 나눈 이야기를 김만철 경호실장에게 들려주었다.

"이번 일로 생각이 많이 달라졌을 것입니다."

미나쿠 대통령은 DR콩고 정보부(ANR)와 대통령수비대(Republican Guard)에 대해 이전 정부와 달리 적극적인 지원을 하지 않았다.

모부투 전 대통령 시절 이들 기관이 야권 인사의 탄압과 반정부 인사에 대한 무분별한 체포, 구금 등에 동원되었기 때문이다.

정부군(FARDC)과 경찰(PNC)도 민주 시위를 폭동으로 규정해 탄압하고 구금 및 인권 탄압에 관여했다.

이러한 경험이 정보기관에 대한 불신을 초래했고 해당 기관에 대한 지원이 대폭 줄었다.

"DR콩고와 탄자니아까지 코사크의 영향력이 더욱 확대될 것입니다. 식민 종주국이었던 영국과 벨기에의 잔재를 이번 기회에 모두 제거해야 합니다."

DR콩고는 벨기에의 식민지였고, 탄자니아는 영국의 식민지 생활을 했다.

영국은 그동안 탄자니아 최대의 양자 원조 공여국으로, 협력국인 탄자니아에 원조 자금과 물자를 직접 지원함으로써 탄자니아 발전에 이바지했지만, 지원한 이상의 자원과 물자를 가져갔다.

서유럽 국가들은 지금까지 중부 아프리카 국가들에 자신들의 교육과 정치, 법률 제도를 유지하도록 하면서 영향력을 지속하는 한편, 정치적인 혼란과 부족 간의 분쟁을 이용해 지배력을 강화해 왔다.

독립은 했지만, 이스트의 영향력 아래에서 지속적인 지배를 받아온 것이다.

"어쩌면 놈들이 벌인 테러가 우리에게는 더 큰 기회를 마련해 준 것 같습니다."

루슬란 비서실장의 말이었다.

"맞는 말이야. 탄자니아와는 느슨한 관계를 맺었지만, 이번 기회를 통해서 인도양으로 나가는 길을 활짝 열었으니까."

탄자니아의 쿠데타로 인해서 음카파 대통령과는 더욱 친밀한 관계가 되었다.

DR콩고와 탄자니아, 루룬디, 르완다의 정보기관을 연결하는 작업을 코사크가 담당하게 될 것이다.

이것은 곧 이들 네 나라에 대한 확고한 신뢰가 밑바탕이 되지 않는다면 할 수 없는 일이다.

"이번 일로 인해서 이스트의 세력까지 솎아내는 결과로 이어졌습니다."

"놈들이 너무 감정적으로 대응한 것이 우리에게는 큰 행운이 되었어. 올해 안으로 탄자니아의 철도 공사가 마무리되면 대서양과 인도양을 연결하는 중부 아프리카 벨트가 완성되는 거야. 앙골라까지 우리에게 협조하게 되면 놈들은 더 이상 중부 아프리카에서 힘을 쓸 수 없게 되는 거지."

DR콩고 5개년 개발 사업을 통해서 보마 항구와 바나나 항구 개발이 진행되고 있었다.

바나나 항구는 깊은 수심으로 대형 선박의 접안이 가능한 여건을 갖추고 있어 유통 화물량 확대는 물론, 대형선박의 접안이 가능했다.

바나나 항구에서 출발한 중부 아프리카 횡단열차가 킨샤사를 거쳐 카로와 루룸바시, 그리고 르완다와 부룬디로 이어진 다음 최종적으로 탄자니아의 최대 항구도시인 다레살람까지 연결된다.

이것은 곧 유럽과 미국은 물론 아시아로 중부 아프리카 각국의 특산물과 광물자원을 보다 원활하게 수송할 수 있게 되는 것이다.

수송 기간 단축과 물류비용의 절감을 통한 가격 경쟁력 강화는 큰 이익으로 돌아오는 일이었다.

"경제적 강화에 이어서 정보와 군사적인 관계 확대까지 이어지면 코사크가 한 단계 더 성장할 것입니다."

탄자니아에서도 대통령 경호와 함께 코사크의 공식적인 주문을 요구해 왔고 그에 대한 비용을 지급하기로 했다.

"코사크의 발전은 러시아의 대외 진출에도 큰 영향을 끼치니까. 앞으로 중부 아프리카에 이어 남부 아프리카까지 새로운 벨트를 형성하게 될 거야."

구소련의 붕괴 이후 경제적인 어려움을 겪고 있는 러시아는 외교적인 부분에 있어 이전 같지 않았다.

아시아와 아프리카에서 공세적인 외교전을 펼쳤던 것과는 확연히 달라진 모습이었다.

하지만 코사크를 통해서 러시아는 아프리카와 중동에서 다시금 교두보를 확보했다.

이러한 점 때문에 러시아 외무부는 물론이고 행정부의 각 부처가 코사크의 일에 적극적으로 협조했다.

*   *   *

닉스홀딩스에 대한 주선일보의 보도 내용과 논조가 달라졌다.

현 정부의 과도한 지원과 불분명한 자금 동원을 문제 삼으며 닉스홀딩스를 공격하던 주선일보는 연일 닉스홀딩스 산하 기업들의 놀라운 성과를 조명하는 기사를 내보냈다.

다른 신문사들과 보조를 맞추는 행동이었지만, 사실 뒷북을 치는 모습을 연출한 것이다.

　취재 당사자인 닉스홀딩스의 계열사들은 주선일보의 취재에 도움을 전혀 주지 않았고 협조를 거부했다.

　그러다 보니 TV 방송과 다른 신문사에서 취재했던 내용을 참고해서 기사를 내보낼 수밖에 없었다.

　"이걸 기사라고 쓴 거야?"

　박민석 편집국장이 김진평 경제부장에게 어이없는 표정으로 물었다.

　"취재 협조를 전혀 해주지 않고 있어서……."

　"아무리 취재가 어려워도 이게 받아쓰기지, 기사라고 할 수 있어."

　"죄송합니다."

　"지금 독자들이 뭐라고 하는지 알아? 주선일보가 지역신문보다 못하다는 소리를 하고 있어!"

　"좀 더 노력하겠습니다."

　김진평은 풀죽은 목소리로 말했다.

　"지금 신문사가 어떤 상황인지 알고 있지?"

　"예."

　"닉스홀딩스와 어떡하든지 딜을 할 수 있는 카드를 가져와.

아니면 김 부장 경력은 여기까지야. 알았으면 나가봐."

박민석은 오늘 자 주선일보를 신경질적으로 내던지며 말했다.

"아휴! 정말. 닉스홀딩스를 까라고 할 때는 언제고."

국장실을 나오자마자 김진평 경제부장은 큰 한숨을 내쉬며 말했다.

닉스홀딩스를 공격할 때만 해도 박민석 편집국장은 경제팀이 잘하고 있다는 말을 여러 번 던졌다.

하지만 지금은 엎지른 물을 다시금 주워 담으라는 요구를 하고 있었다.

*   *   *

"끝까지 회사에 남고 싶으면 방법을 찾아 와!"

국장실에서 나와 경제팀을 회의실로 불러들인 김진평 경제부장은 취재기자들을 향해 노골적인 말을 던졌다.

"부장님, 위에서 시켜서 취재한 것 아닙니까. 지금 와서 우리보고 수습하라는 게 말이 되지 않습니다."

이정기 차장이 억울한 표정을 지으며 말했다.

"그럼, 이 차장이 책임지고 그만두면 되겠네."

"형님! 그게 또 무슨 말입니까?"

예상치 못한 말에 이정기 차장이 놀란 토끼 눈이 되어 물었다.

두 사람은 호형호제하는 사이였고 경제팀을 함께 이끌고 있었다.

"아씨! 이번 일 해결 못 하면 너나 나나 짐 싸라잖아."

"국장이 그럽니까?"

"분위기가 심상치 않아. 정주훈이가 구속된 걸 보면 몰라?"

닉스홀딩스와 강태수 회장의 기사를 다루던 정주훈 기자가 뇌물과 협박 혐의로 검찰에 구속되었다.

주선일보에서 활동하는 기자 중 다섯 명이 폭력과 협박, 그리고 뇌물수수로 구속되는 초유의 사태를 맞이하고 있었다.

보도 통제를 자행하던 군사정부 시절에나 볼 수 있는 일이 주선일보에서 일어난 것이다.

"일을 벌인 것은 윗대가리들인데, 왜 우리가 총대를 메야 합니까?"

"그걸 내가 모르겠어. 절이 싫으면 중이 떠나라잖아!"

"아! 정말. 이렇게는 일을 못 하겠습니다."

"잘 생각해. 둘째가 내년에 대학 들어간다면서, 여기서 나가서 뭐 해먹고 살 건데? 닭이라도 튀기게?"

주선일보는 웬만한 일이 아니면 기자를 자르지 않았지만, 퇴사 후 다른 언론사로 들어가는 것을 철저하게 막았다.

주선일보 내부에서 보고 들은 이야기를 누설하지 못하게 하려는 이유가 컸다.

하지만 기자 생활을 편하게 할 수 있는 주선일보의 막강한 영향력 때문에 이직하거나 퇴사를 하는 기자는 드물었다.

그러나 닉스홀딩스로 인해서 그 모든 것이 하나둘 달라지고 있었다.

"이 차장님의 말씀이 맞습니다. 윗선에서도 수습하지 못하는 것을 우리가 어떻게 해결합니까?"

경제부 소속 베테랑 기자인 곽창연이 억울한 표정을 지으며 말했다.

"그냥 까라면 까! 아니면 책임지고 사표를 쓰든가!"

김진평 경제부장은 서류철을 테이블에 내던지며 말했다.

평소 온화하고 부하 직원들을 살뜰히 챙기는 김진평 경제부장의 모습이 아니었다.

주선일보가 다른 신문사보다 앞서갈 수 있었던 것은 취재에 따른 어떠한 뒷감당도 해결해 주었기 때문이다.

그러한 점 때문에 기자들은 물불을 가리지 않고 취재를 해왔다.

"곽창연! 이성재! 나가 있어."

이정기 차장은 두 사람을 보며 말했다.

회의에는 두 베테랑 기자가 경제팀 다른 기자들의 대표로 참석했다.

두 사람이 회의실에서 나가자 다시금 이정기 차장이 입을 열었다.

"형님, 정확한 이유가 뭡니까? 커버를 못 해주는 상황입니까?"

"시발! 닉스홀딩스에서 1억 달러의 소송을 미국 법원에 제기한단다."

"예, 그게 무슨 말입니까? 미국에서 소송이라니요?"

"우리가 쓴 기사 내용을 토대로 해서 한국과 미국에서 동시에 소송전을……."

김진평 경제부장은 자신이 전해 들은 이야기를 이정기 차장에게 들려주었다.

"후— 우! 그게 말이 됩니까? 그럼, 어떻게 기사를 쓰라고."

"우리가 쓴 추측성 기사를 미국 현지 언론들이 인용했고, 그 기사에 따른 브랜드 이미지 실추와 매출 하락에 대한 손해를 모두 배상하라는 거야. 거기에다가 회사 이미지 타격에 따른 향후 매출 감소의 잠재적 손해까지 계산하여 청구한단다."

"미래 손실까지 물어달라는 게 말이 됩니까?"

"한국에서는 도둑놈 심보지만 미국에서는 당연한 일이라고 여긴다는데, 내가 뭐라고 답변하겠니. 나도 정말 미치겠다. 만약 닉스홀딩스가 미국의 소송전에서 이기기라도 하면 우린 정말 끝이야. 그 전에 방법을 찾아야 한다고."

김진평 경제부장은 경영진에게서 주선일보가 피해를 본 만큼 책임을 묻겠다는 말을 들었다.

"우린 지금까지 해온 대로 기사를 쓴 것뿐인데……."

"지금처럼 살고 싶으면 어떡하든지 닉스홀딩스와 협상할 수 있는 카드를 찾아 와. 그게 너와 내가 사는 길이니까."

김진평 경제부장의 말을 듣고서야 이정기 차장은 심각성을 알게 되었다.

지금까지 주선일보가 쓴 잘못된 기사를 통해서 피해를 당했던 기업이나 단체, 그리고 개인들에 대한 보상이나 피해에 대한 회복은 전혀 이루어진 적이 없었다.

더구나 거대 권력의 한 축을 담당하고 있는 주선일보에 항의해 봤자 돌아오는 것은 공허한 메아리뿐이었다.

오히려 긁어 부스럼을 만들지 않기 위해 억울한 감정을 스스로 다스리거나 숨길 수밖에 없었다.

하지만 지금 관행처럼 저질렀던 거짓 기사가 몰고 온 후폭풍이 주선일보를 휘몰아치고 있었다.

*   *   *

DR콩고와 르완다, 부룬디, 탄자니아의 대통령이 카로에 모여 중부 아프리카의 협력과 경제 발전에 대해 논의했다.

옵저버 자격으로 우간다의 요웨리 무세베니 대통령과 룩오일NY 표도르 강 회장이 참석했다.

우간다는 무세베니 대통령이 등장하면서부터 과감한 경제 개방 정책을 펼쳤고, 이에 따른 외국 자본들이 들어오고 있었다.

테러가 발생한 카로에서 회담을 한다는 것은 이미 테러의 상처를 씻어냈다는 의미였다.

더구나 회담 자리에 함께 참석한 각국의 정보당국자들은 코사크와의 협력 관계 강화를 위한 공식적인 협의서에 서명했다.

DR콩고, 탄자니아, 르완다, 부룬디, 네 나라는 코사크에서 정보를 제공받고, 코사크는 각국의 영토에서 아무런 제재 없이 활동할 수 있었다. 이와 함께 해당국의 정보부와 경찰에게서 정보를 습득할 수 있게 되었다.

한마디로 코사크는 네 나라에서 제약 없이 활동할 수 있는 프리 패스 티켓을 얻은 것이나 마찬가지였다.

네 나라는 룩오일NY와 닉스홀딩스가 건설하는 중부 아프리카 횡단철도를 어떠한 상황에서도 중단 없이 건설할 것이라고 선언했다.

우간다의 무세베니 대통령 또한 룩오일NY와 닉스홀딩스의 적극적인 투자를 요청했고, 네 나라와의 경제협력에 적극적으로 동참하겠다고 선언했다.

이로 인해 석유, 동, 주석, 석탄, 텅스텐, 금, 코발트 등의 주요 지하자원이 풍부한 우간다에 닉스코어의 진출이 한결 수월할 수 있게 되었다.

콩고와 가봉도 중부 아프리카가 경제협력과 코사크 진출에 대한 내부 논의가 진행 중이었다.

무세베니 대통령의 적극적인 참여 의사는 닉스홀딩스와 룩오일NY의 과감한 투자와 현지 인프라 개발 사업에 따른 경제 발전 성과가 눈에 보이기 때문이었다.

현재 가장 많은 투자가 진행 중인 DR콩고는 GDP와 경제성장률이 급격하게 성장했다.

1997년 61억 달러를 간신히 넘겼던 GDP가 1998년 들어서 100억 달러를 훌쩍 넘어섰기 때문이다.

르완다와 부룬디도 10억 달러 이상씩 GDP가 늘어났고 경제성장률도 7%를 기록 중이다.

지금까지 DR콩고와 르완다, 부룬디의 경제성장률은 1~2%에 머물렀었다.

올해 탄자니아의 철도 라인이 완공되면 탄자니아 또한 경제성장률과 GDP가 달라질 전망이다.

"닉스코어에서 공급되는 철, 구리, 알루미늄, 텅스텐 등 핵심 광물에 대한 국제시장 장악력이 급속히 올라갔습니다. 러시아와 DR콩고, 호주, 칠레로 이어지는 자원 벨트 라인이 더욱 확고해졌습니다. 코발트와 리튬이 풍부한 우간다의 광산 진출을 통해서 두 광물에 대한 시장 장악력 또한 확대될 것입니다."

닉스코어를 이끄는 대니얼 강의 보고였다.

코발트와 리튬은 앞으로 가장 귀한 광물로 취급되며 배터리 산업에 필수적으로 들어가는 광물이다.

전 세계 코발트 매장량 중 60%가 DR콩고에 묻혀 있었고 우간다, 부룬디, 르완다에도 상당수 매장되어 있다.

"핵심 광물에 대한 시장 장악력은 더욱 확대해야 합니다. 석유를 지배할 수 없다면 우린 광물자원을 통한 지배 전략을 펼쳐야 하니까요."

룩오일NY Inc는 러시아와 이라크의 협력을 통해서 석유에 대한 지배력을 강화하고 있었다.

하지만 미국과 사우디아라비아가 주도하는 석유 시장에는 아직 미치지 못했다.

"예, 회장님께서 말씀하신 대로 리튬, 코발트, 희토류, 갈륨, 텔루륨, 니켈, 백금에 대한 투자를 더욱 확대하고 있습니다."

대니얼 강 대표가 이야기한 광물들은 앞으로 새로운 산업에 필수적으로 들어가는 광물이었다.

지금은 사용되는 분야가 적지만 첨단 기술 발전과 환경에 대한 중요성이 대두하는 시점이 되면 사용량이 폭발적으로 늘어나는 광물들이다.

"아프리카 국가들에 대한 영향력 확대는 계획대로 잘되어가고 있습니다. 앞으로는 중남미 국가들에 투자를 확대하십시오. 중국에 대한 지배력을 확대하기 위해서도 광물자원의 선점은 매우 중요합니다."

해마다 경제가 빠르게 발전하는 중국은 자신들의 경제 발전에 필요로 하는 광물자원을 확보하기 위한 투자에 서서히 눈을 뜨고 있었다.

"호주와 칠레, 볼리비아, 페루 등의 광산을 사들이고 있습니다."

"지금 당장 수익이 발생하지 않는다고 해서 그냥 지나치는 일이 없도록 핵심 광물자원의 획득에 최선을 다해주시길 바랍니다."

지나칠 정도로 핵심 광물자원 확보를 강조했다.

닉스코어 수익의 상당 부분을 광산에 재투자하고 있었다.

"예, 더욱 신경을 쓰겠습니다."

닉스코어와 미국의 소빈베어스턴스와 긴밀한 관계를 통해

서 원자재 선물 시장을 주도해 나갔다.

금, 은, 구리는 물론이고 철광석, 고무, 점결탄 선물 가격까지 영향을 확대하고 있었다.

점결탄은 주로 철강 생산에 사용된다.

여기에 소빈베어스턴스는 룩오일NY Inc와 협조해 원유 선물 가격에도 상당한 영향력을 행사하고 있었다.

DR콩고를 떠나기 전 44억 달러를 중부 아프리카 다섯 나라에 투자하겠다고 발표했다.

이미 DR콩고와 르완다, 부룬디에는 30억 달러가 투자된 상태다.

DR콩고에 15억 달러, 르완다에 6억 달러, 부룬디에 6억 달러, 우간다에 7억 달러, 탄자니아에 10억 달러를 배분했다.

룩오일NY와 닉스홀딩스가 주도하는 투자는 두 회사에 소속된 계열사들이 참여한다.

발전소 건설과 신규 광산 개발, 농장과 시장 현대화, 제련 공장, 도로 정비, 대학교, 은행, 병원 설립 등이 포함되었다.

이 모든 투자는 각 나라의 정부가 일절 간섭할 수 없는 일이다.

자금이 각 나라의 정부로 들어가는 순간 부패한 관리들의 호주머니를 채우는 일이 빈번하기 때문이다.

코사크와 소빈뱅크가 다섯 나라에 모두 진출한 상황이기 때문에 투자는 원활하게 진행될 수 있는 기반이 마련되었다.

　오스트리아의 빈에 있는 한 일식당에 영국 MI6에 속해 있는 조 하퍼와 제러미 헌트가 만났다.

　조 하퍼는 종업원의 안내를 받으며 제러미 헌트가 있는 방으로 향했다.

　두 사람은 해외 공작을 통제하는 통제단 중 아프리카를 담당하는 인물로 조 하퍼가 통제단장이었다.

　"어서 오십시오. 올리버의 제거에 실패한 것 같습니다."

　"흠, 올리버는 지금 어디 있지?"

헌트의 말에 조 하퍼의 표정이 일그러졌다.

제러미 헌트가 탄자니아와 DR콩고에 벌어진 이들을 실질적으로 주도했다.

"행방이 묘연합니다. 분명 카로의 닉스소빈병원에 머물고 있었는데, 데스엔젤의 제거 작전 이후 보이질 않습니다."

"코사크 놈들이 손을 쓴 건가?"

"아마도 그런 것 같습니다. 카로에 침입했던 R1도 연락이 끊겼습니다."

"흠, 발각된 건가?"

"그럴 가능성이 70% 이상입니다."

아프리카단 소속의 정보 수집 요원인 R1은 위험이 감지되면 스스로 위험을 회피하기 위해 모든 연락을 끊는다.

그럴 가능성을 30%로 본 것이다.

"후! 심각하군. 데스엔젤과 브라운에 대한 정리 작업에 들어갈 것이다."

데스엔젤을 이끄는 인물이 브라운이었다.

"아직 버리기 아까운 카드가 아닙니까?"

"올리버가 제거되었다면 버리지 않았겠지. 꼬리가 길면 언젠간 잡히는 법이야."

"그럼, 중부 아프리카를 포기하는 것입니까?"

"그건 아니지. 뜨거운 감자를 표도르 강에게 잠시 맡겨놓은 것뿐이야. 우린 그동안 새로운 브라운을 만들어놓으면 돼."

조 하퍼는 별거 아니라는 말투였지만 중부 아프리카에서의 코사크 영향력은 확대되고 있었다.

여기에 한국과 러시아의 진출도 활발해졌다.

"코사크도 문제지만 러시아가 움직이기 시작했습니다."

"러시아는 회복되려면 아직 멀었어. 쓸데없는 데에 힘을 쓴다면 그렇게 하라고 해."

중부 아프리카 국가들이 제대로 된 경제를 이끌어가기 위해서는 수백억 달러를 투자해도 해결할 수 없다는 것이 MI6의 분석이었다.

깨진 항아리에 물 붓기와 같은 형태를 중부 아프리카 국가들에 만들어놓은 것이 웨스트 세력이었다.

영원한 종속적인 노예처럼 부리기 위해 오랫동안 분란을 조장했고, 제도와 경제를 엉망으로 만들어왔다.

"그래도 저는 브라운을 제거하기보다는 활용하는 것이 낫다고 생각합니다."

"이미 윗선에서 결정된 일이야. 자칫하면 놈 때문에 CIA처럼 우리도 MI6에서 밀려날 수 있어. 제대로 일을 처리했다면 이런 일이 벌어지지도 않았겠지만 말이야."

"음, 알겠습니다."

"음식을 시키지. 여기 요리를 먹을 생각에 아침도 걸렀더니,

배가 몹시 고파."

"주문을 해두었습니다. 새로운 요리사의 음식 솜씨가 보통이 아니었습니다."

헌트는 며칠 전에서도 이곳을 방문했었다.

"그거 잘됐군. 이곳은 일본 본토의 맛을 맛볼 수가 있어."

조 하퍼는 2년간 일본에서 근무했었다.

똑똑!

그의 말이 끝나기가 무섭게 방문을 두드리는 소리와 함께 문이 열렸다.

"스시(초밥)와 사시미(회)가 나왔습니다. 이건 셰프의 특별 서비스입니다."

초밥과 회가 담긴 접시를 테이블에 올리는 종업원이 내어놓은 것은 한눈에도 맛있게 튀겨져 나온 생선튀김이었다.

"오! 감사하다고 전해주시오."

"예, 이건 튀김을 찍어 먹는 특제 소스입니다."

종업원은 여러 가지 양념이 섞인 소스를 두 사람에게 건넨 후 방을 나갔다.

"하하하! 이제야 만족스러운 음식을 먹어보겠어."

"어서 드십시오. 오늘은 맛있는 요리와 술만 생각하십시오."

"자네도 들게. 이번 일을 잘 처리하면 아프리카국에서 서반 구국으로 옮겨줄 테니까 말이야."

서반구국은 북미와 중남미를 포함한 지역이었다.

"감사합니다. 잘 처리하겠습니다."

조 하퍼에 말에 제러미 헌트는 서툰 젓가락질로 초밥을 집었다.

조 하퍼는 능숙한 젓가락질로 요리사가 서비스한 먹음직한 튀김을 특제 소스에 푹 담가 입으로 가져갔다.

"오! 놀라운 맛이야!"

조 하퍼의 젓가락은 쉴 새 없이 움직이기 시작했다.

그리고 1시간 뒤, 여종업원의 날카로운 비명이 조 하퍼와 제러미 헌트가 있던 방에서 메아리쳤다.

*   *   *

SCS방송은 긴급 방송을 내보냈다.

탄자니아에서 실종된 것으로 알려진 BBC 음향 기술자 제이미 올리버의 단독 인터뷰를 한 것이다.

"탄자니아는 어떤 일 때문에 방문하신 것입니까?"

SCS의 베테랑 기자인 곽상원은 침착하게 질문을 던졌다.

"사바나 지역에 사는 야생동물들을 촬영하기 위해 방문했습니다."

"야생동물을 촬영하기 위해서 방문하셨다고 했는데, 학살 현장은 어떻게 취재하신 것입니까?"

"저희가 머물었던 호텔에서 처음 보는 정보원을 만났습니다. 그때가 도도마에서 쿠데타가 막 일어났을 시기입니다. 특종 욕심을 낸 앨리스와 해리가 정보원을 따라나서자고 했습니다. 저 또한 쉽게 접할 수 없는 특종이라서 반대하지 않았습니다."

"처음 보는 정보원을 따라나섰다는 말씀이군요?"

"예, 학살 현장을 안내해 주는 조건으로 정보원은 학살을 주도한 자들에 대한 방송을 내보내 달라고 했습니다."

"학살을 주도한 자들이라? 그게 구체적으로 어떤 의미를 가진 것입니까?"

"학살을 진행한 자들을 알고 있다는 뜻이었습니다. 하지만 확인할 수 없는 정보였고, 저희는 특종 욕심 때문에 정보원이 알려준 내용대로 방송에 내보냈습니다. 첫 번째 학살 현장에서 촬영을 마친 후, 두 번째 학살 현장으로 이동해 취재를 끝마칠 때……"

올리버는 담담하게 자신이 겪은 이야기를 하나둘 풀어놓았다.

학살 현장에서 자신을 비롯한 동료들이 총에 맞아 시체가 나뒹구는 구덩이로 떨어진 순간부터 생존을 위해 야생동물이

파놓은 구덩이에서 몸을 숨긴 이야기까지 숨김없이 털어놓았다.

"모든 것을 계획된 일이었습니다. 탄자니아 주민 학살의 범인은 저희에게 총을 쏜 데스엔젤이라는 용병 집단이었습니다. 그들은 무슨 이유인지는 모르겠지만, 학살에 대한 책임을 코사크에게 뒤집어씌우려고 했습니다. 아이러니하게도 코사크는 데스엔젤에게서 저를 구하기 위해 많은 희생자가 발생했습니다. 지금 이 자리를 빌려서 그분들에게 진심으로 감사하다는 말씀을 드립니다."

"올리버 씨가 이야기한 코사크는 러시아의 사설 경비·경호 업체로 수많은 나라에서 활동하고 있습니다. 그렇다면 코사크가 올리버 씨의 생명을 구했다는 말입니까?"

"예, 카로에서 발생한 테러에서도 저를 구해주었습니다. 탄자니아와 DR콩고에서 발생한 테러는 데스엔젤에서 저지른 일입니다. 그 테러에 연관된 인물을 코사크에서 체포해 조사하고 있다고 들었습니다."

"지금 하신 말씀대로라면 테러를 저지른 범인을 코사크에서 확보했다는 말입니까?"

"예, 그렇게 알고 있습니다."

"아! 방금, 저희 SCS에 새로운 소식이 들어왔습니다. 테러범에 대한 특별 인터뷰가 별도로 진행되고 있습니다. 그에 대한 소식도 저희 SCS방송에서 자세하게 전달해 드리겠습니다."

곽상원 기자의 자신감 넘치는 말이 TV 방송을 보고 있는 시청자에게 고스란히 전달되고 있었다.

SCS의 방송 내용은 다시금 로이터, 타스, 신화, AFP, AP, 교도 등 세계 6대 뉴스 통신사를 통해 전 세계로 전해졌다.

                    *   *   *

한국의 SCS방송과 전격 인터뷰를 진행한 BBC 음향 기술자인 제이미 올리버는 자신의 고향인 영국으로 돌아가지 않겠다고 인터뷰 끝에 이야기했다.

영국 레딩이 고향인 올리버는 자신이 영국으로 돌아가는 순간 위험에 고스란히 노출될 거라고 확신하는 것 같았다.

그는 코사크의 보호를 받을 수 있는 곳에 머물고 싶다는 의사를 인터뷰 내내 강하게 전했다.

이러한 올리버의 인터뷰 내용은 전 세계로 전해졌고, 탄자니아 학살을 코사크로 단정했던 영국 BBC 방송과 몇몇 서유럽 방송사는 큰 곤욕을 치렀다.

여기에 코사크는 확인되지 않은 보도를 내보낸 BBC를 비롯하여 이를 인용 보도 하여 여론을 조작한 방송사들에 손해배상을 청구할 것이라고 공식적으로 발표했다.

코사크가 오히려 데스엔젤이라는 용병 단체에서 올리버를 구했고, 그 과정에서 코사크 대원들이 희생을 치렀다는 것을 알게 되었다.

이러한 보도 내용으로 인해 코사크에 대한 신뢰 회복은 물론이고 목숨을 바쳐 책임을 완수하는 대원들의 숭고한 정신에 깊은 감명을 받게 되었다.

BBC의 학살 보도를 보고 코사크와 계약을 해지했던 회사와 개인들은 다시금 코사크에 의뢰를 부탁하는 일이 벌어졌다.

하지만 방송을 본 수많은 회사와 단체, 그리고 유명 인사들이 코사크에 앞다투어 계약하는 바람에 경호와 경비 의뢰를 다시 할 수 없었다.

코사크는 올리버의 인터뷰를 통해서 탄자니아 학살 테러의 누명에서 벗어났을 뿐만 아니라 명성이 크게 올라가는 전화위복을 맞이했다.

"회장님께서 데려온 올리버의 인터뷰가 생각했던 것보다 더 큰 파장을 불러온 것 같습니다."

닉스홀딩스의 김동진 비서실장의 말이다.

"거짓이 진실을 이길 수 없다는 것을 보여준 일입니다. 에디스톤의 인터뷰가 후속으로 방영되면 놈들은 치명타를 입을 것입니다."

에디 스톤은 카로의 닉스소빈병원을 습격했던 데스엔젤 소속의 인물로 유일하게 살아남은 자다.

에디 스톤 또한 카로를 벗어나 신의주특별행정구로 이송되었다.

"빈과 파리의 출장팀이 업무를 다 처리하고 회사로 복귀 중이라고 합니다."

김만철 경호실장의 보고였다.

오스트리아의 빈과 프랑스 파리에 모습을 나타낸 MI6 요원들이 코사크 스메르띠 팀에 의해서 처리되었다.

영국으로 직접 들어갈 수 없는 상황에서 서유럽 정보망에 걸린 탄자니아 학살에 연관된 자들이었다.

작전에 걸려든 MI6 소속 다섯 명의 인물들이 사고사로 세상을 떠났다.

"당한 만큼 되돌려 준다는 것을 뼈저리게 느낄 수 있게 해야 합니다. 동유럽에서 활동하는 MI6에게도 경고를 보내십시오."

"스메드띠 팀을 보낼까요?"

내 말에 김만철 경호실장이 되물었다.

"아닙니다, 그쪽은 샤샤에게 의뢰하는 것이 좋겠습니다. 정보만 제공하는 거로 하지요."

"알겠습니다. 거친 면을 보여주는 것도 나쁘지 않을 것입니다."

"놈들이 얼마나 어리석은 선택을 했는지 이제 곧 알게 될 것입니다."

눈에는 눈, 이에는 이로 당한 만큼 되돌려 줄 수 있는 힘을 이제는 갖추었다.

*   *   *

"이게 도대체 무슨 일인지 나에게 설명해 봐?"

영국 MI6를 이끄는 제이콥 부장이 보고서를 내던지며 말했다.

보고서에서는 올리버의 기자회견 내용과 함께 파리와 빈에서 사망한 다섯 명의 MI6 명단이 들어 있었다.

그의 표정은 끓어오르는 화를 참는 모습이 역력했다.

"그건… 죄송합니다."

해외 공작 통제단장인 존슨이 고개를 떨구며 말했다.

"MI6 요원 다섯 명이 하루 동안의 시차를 두고 사망했어. 모두가 아프리카단에 연관된 인물이더군."

"코사크의 움직임을 더는 방관할 수 없었습니다."

특수지원처를 담당하는 사이먼 스미스 국장이 힘없는 목소리로 말했다.

"나를 배제한 채로 독단적으로 움직였다. 내가 허수아비로 보이나 보지?"

"그건 아닙니다. 시급하게 처리하다 보니……."

"언제부터 특수지원처가 정보생산처의 업무를 진행했습니까?"

정보생산처를 맡고 있는 오스카 국장이 반대편에서 스미스 국장을 노려보며 물었다.

정보생산처에서 해외 공작을 주도하고 통제했다.

"정보생산처가 표도르 강을 처리하지 못하고 일을 엉망으로 만들지 않았다면 내가 나서지도 않았을 것이오."

런던 닉스메리어트호텔에서 벌어진 테러는 정보생산처에서 주도했다.

이 사건 이후 MI6의 부장이 제이콥으로 바뀌었다.

"지금 무슨 소리를 하는 것입니까? 작전의 실패는 CIA가……."

"둘 다 그만둬!"

제이콥 부장의 성난 목소리에 정보생산처의 오스카 국장은 말을 끝까지 할 수 없었다.

"지금 두 사람을 싸우라고 부른 줄 알아! 지금 터진 일을 어떻게 수습할 것인지 이야기를 하란 말이야."

제이콥 부장은 오스카 국장과 스미스 국장을 번갈아 쳐다보며 말했다.

"죄송합니다. 탄자니아에서 일을 저지른 데스엔젤을 용도 폐기하기 위해 정리팀을 보냈습니다."

스미스 국장은 멀쑥한 표정으로 대답했다.

"정말 데스엔젤이 독자적으로 탄자니아의 학살을 주도한 건가?"

"탄자니아 쿠데타는 저희가 진행했지만, 주민 학살은 계획에 없었습니다. 브라운이 독자적으로 일을 벌인 것인지, 아니면 빈에서 사망한 조 하퍼 아프리카 통제단장이 실수한 것인지는 조사를 해봐야겠습니다."

스미스 국장은 자신이 지시한 일을 두 사람에게 떠넘겼다.

브라운은 제거 대상이었고, 조 하퍼는 코사크의 스메르띠에 의해 처리되었다.

"그 말에 책임질 수 있나?"

"물론입니다. 그렇지 않다면 제 자리를 내어놓겠습니다."

제이콥 부장은 스미스 국장을 함부로 처리할 수 없었다. 그가 자리 잡은 특수지원처는 이스트 세력에게 할당된 자리였다.

"좋아. 우선 요원들을 처리한 놈들이 누구인지 확인해."

"BBC의 올리버는 어떻게 할까요?"

스미스 국장이 물었다.

"지금 어디 있지?"

"한국에 있는 것으로 추정하고 있지만, 코사크가 보호하고 있습니다. 그리고 카로의 닉스소빈병원을 습격했던 데스엔젤의 인물 하나도 코사크가 확보한 것 같습니다."

제이콥 부장의 말에 오스카 국장이 답했다.

"그게 사실인가?"

"예."

"일을 엉망으로 처리하는군. 데스엔젤에 대한 보고는 왜 빠져 있었지?"

불만이 가득한 말투로 제이콥 부장이 스미스 국장을 보며 물었다.

"저 또한 데스엔젤이 모두 현장에서 사살되었다고 보고받았습니다."

스미스 국장은 태연하게 대답했다.

"좋아, 그 말도 믿어주지. 이번 사태는 일을 벌인 당사자가 모두 처리해야 하는 것이 맞는 것 같은데."

제이콥 부장이 스미스 국장을 바라보며 말했다.

"알겠습니다. 제가 책임지고 처리하겠습니다. 대신 극동통제단을 이용할 수 있게 해주십시오."

스미스의 말에 제이콥 부장은 오스카 국장을 쳐다보았다.

극동통제단은 정보생산처 소속이었다.

"저 또한 조건이 있습니다. 공석이 된 아프리카 통제단장에 제이크를 임명해 주십시오."

제이크는 오스카 국장을 보좌하는 인물 중 하나다.

"말도 안 되는 소리! 아프리카 통제단은 우리의 몫이라는 것을 잊었나?"

"극동통제단을 이용하는 대가로는 아주 싸게 먹히는 거래 같은데."

두 국장은 한 치의 양보도 없이 서로를 잡아먹을 듯이 노려보았다.

"그럼, 이렇게 하지. 스미스 국장이 일을 제대로 처리하면 아프리카 통제단은 원래대로 특수지원처가 담당하지만, 일이 실패하면 아프리카 통제단의 관리는 앞으로 정보생산처가 담당하는 것으로 말이야."

"좋습니다, 저는 부장님 의견에 찬성합니다."

오스카 국장은 서슴없이 대답했다.

"하지만 그건……."

"이번 일에 책임을 진다고 이야기하지 않았나?"

제이콥 부장의 말에 스미스 국장은 더는 버티지 못했다.

"알겠습니다."

그는 힘없는 목소리로 말했다.

"오스카 국장은 파리와 빈에서 발생한 요원들의 사망 사건을 담당해. 냉전 시대도 아닌 상황에서 MI6 요원들이 다섯 명이나 당하다니."

"예, 반드시 범인을 찾아 응당한 대가를 치르도록 하겠습니다."

스미스 국장과 달리 오스카 국장은 자신감 넘치는 말투로 대답했다.

Chapter 5

　주선일보 경제부 기자들은 매일 출근 도장을 찍듯이 여의 도에 있는 닉스홀딩스 본사를 방문했다.

　취재 협조를 부탁하는 말투나 행동이 이전과는 백팔십도 달라진 모습이었다.

　"저희가 특집으로 대한민국 10대 수출 상품에 대해 취재를 하려고 합니다. 바쁘신 것은 알지만, IMF 관리 체제 아래에서 국민들에게 희망을 줄 수 있는 기사를 쓰고 싶어서 그렇습니 다."

주선일보 경제 담당 곽창연 기자가 머리를 조아리듯 저자세의 말투였다.

베테랑 기자인 곽창연은 어떡하든지 닉스홀딩스 계열사에 대한 기사를 작성하라는 지시를 받았다.

닉스홀딩스의 강태수 회장을 만나기 전에 우호적인 기사를 통해 환심을 사야 했기 때문이다.

"저희 말고도 다른 기업들이 많을 텐데요."

곽창연 기자의 말에 그룹홍보팀의 문홍식 대리가 귀찮다는 듯이 답했다.

"물론 수출을 하는 기업은 많습니다. 하지만 닉스나 블루오션반도체, 닉스제약 등과 같이 독보적인 수출 기업은 드물지요."

"저희가 보내 드린 홍보 책자 외에는 더는 협조해 드릴 것이 없습니다. 해당 기업의 담당자들이 다들 정신없이 바쁘다 보니, 저희 쪽에서 협조를 요청해도 거절하는 실정입니다."

곽창연 기자의 말에 문홍식 대리는 답변은 달라지지 않았다.

"하하! 그렇겠지요. 보내주신 홍보 책자로는 저희가 기사를 쓰기에는 조금 부족한 부분이 있어서 그렇습니다. 많은 시간을 빼앗지도 않을 것입니다. 사진 몇 장만 찍고, 기사로 나갈 담당자분의 인터뷰만 하면 되거든요."

거절 의사가 분명한 문홍식 대리의 말에 베테랑 기자인 곽창연은 웃음을 잃지 않았다.

주선일보에서 취재하면서 기업에서 이런 대접을 받는 것은 처음이었다.

"저희가 결정할 수 있는 일이 아닙니다. 해당 계열사에서 허락해 주어야만 가능한 일입니다."

"하하! 미래경제신문에 실린 기사들은 그룹 홍보팀에서 협조해 주신 거로 알고 있습니다."

"그때하고 상황이 많이 달라졌습니다. 잘 아시지 않습니까?"

문홍식 대리의 말에는 가시가 들어 있었다.

"저희 쪽에서 실수한 부분은 진심으로 사과드립니다. 그와 관련된 기자들은 해고 처분을 받았습니다. 이번 기회에 주선일보가 어떤 신문사인지 확실히 보여 드리겠습니다. 진심으로 부탁드립니다, 닉스홀딩스를 취재할 수 있는 기회를 주십시오."

문홍식 대리의 말에 곽창연 기자는 머리를 깊숙이 숙이며 말했다.

"지금은 확답을 해드릴 수 없습니다. 대신 곽창연 기자님의 진심은 윗분께 전달하겠습니다."

"정말 감사합니다. 제가 쓴 기사들을 보시면 아실 테지만,

저는 지금껏 거짓 없는 올바른 기사만을 작성해 왔습니다. 닉스홀딩스에 도움이 되는 기사를 쓰겠습니다. 꼭 좀 취재할 수 있게 협조해 주십시오."

곽창연은 다시금 고개를 숙이며 말했다.

어떻게든 닉스홀딩스에 대한 기사를 작성하지 못하면 곽창연의 자리도 위태로웠다.

닉스홀딩스가 이미 손해배상에 대한 국내 소송을 진행했기 때문이다.

*　　　　*　　　　*

한국에 돌아오자마자 대산그룹 이대수 회장의 전화를 여러 번 받았다.

계속된 전화의 요지는 주선일보 박정호 대표와 서주원 주필을 한번 만나주라는 부탁이었다.

두 사람이 목 마른 강아지처럼 왜 날 그토록 만나고 싶어 하는지를 잘 아는 나로서는, 선뜻 이대수 회장의 부탁을 들어주지 않았다.

하지만 연속된 전화를 외면하기도 쉽지 않았다.

"알겠습니다. 닉스하얏트에서 뵙는 거로 하시지요."

달깍!

"주선일보와 함께 나오겠지요?"

전화기를 끊자마자 김동진 비서실장이 물었다.

"아마도 그럴 것입니다. 주선일보 측을 만나기 싫으면 자신이라도 만나달라는 뉘앙스가 함께 나오겠다는 말로 들렸습니다."

"발등에 불이 떨어져서 그런지, 이제 곧 보궐선거인데도 주선일보가 제 역할을 못 하고 있습니다."

일주일 전 한종태는 영국에서 돌아와 민한당(민주한국당)에 입당했다.

영국으로 떠나기 전에는 적어도 3~4년 이상은 머물 거라는 말을 했지만 채 1년이 조금 넘은 시점에 한국으로 돌아온 것이다.

한종태는 민한당 후보로 부산 서구에 출마할 예정이다.

"당장 발등의 불을 끄는 것이 우선이니까요. 이번 선거에 한종태가 당선되겠지요?"

"예, 부산은 한종태의 고향이자 지지 기반 중의 하나입니다. 대산그룹의 투자 유치권으로 인기가 많이 상승한 상태입니다. 언론에서도 한종태가 거뜬히 승리할 것으로 말하고 있습니다."

"지금 같은 상황에서는 한종태를 꺾을 만한 인물이 없으니까요. 한종태의 복귀로 민한당의 반발은 없었습니까?"

"민한당의 안성훈 원내대표 쪽에서 불만을 품고는 있지만, 내색을 못 하고 있습니다. 이번 부산 서구 보궐선거에 나설 후보가 사실 안성훈 원내대표 쪽에서 내보내기로 정삼재 의원과 합의를 끝낸 상태였었습니다."

"홈, 한종태가 중간에 끼어들었다."

"예, 안성훈 원내대표 측에서 당했다는 이야기가 흘러나왔지만, 정삼재 의원이 한종태를 등에 업고서 상당한 자금을 끌어왔습니다. 정치도 돈이 우선이지요."

"대산에서 흘러나온 것입니까?"

"예, 대산에서 로스차일드사를 소개해 준 커미션도 챙긴 것 같습니다."

국내 정보팀은 대산그룹의 이대수 회장과 정삼재 의원의 만남을 모두 파악하고 있었다.

"든든한 해외 후원자까지 두었으니, 다시금 시작해 볼 욕심이 나겠지요. 안성훈 원내대표 측과 접촉점을 만들어두십시오. 언젠간 요긴하게 써먹을 수 있는 패가 될지 모르니까요."

"알겠습니다."

"특별한 일정은 없습니까?"

"예, 오늘은 별다른 일이 없습니다."

"그럼, 제가 송가인 사원을 일찍 퇴근시켜도 되겠습니까?"

"하하하! 그렇게 하십시오. 회장님이 DR콩고에 가계실 때 비서실이 얼음 방석을 깔고 앉은 것처럼 무척 추웠습니다."

일정에도 없는 갑작스러운 DR콩고의 방문으로 인해 가인이와 약속했던 일을 지키지 못했다.

아마도 비서실이 공기가 무척 차가웠을 것이다.

비서실의 핵심 인물들은 나와 가인이와의 사이를 알고 있었다.

"하하하! 고생하셨습니다. 빨리 얼음을 녹여야겠습니다."

"하하하! 그런 일이면 언제든지 조기 퇴근시켜도 됩니다."

김동진 비서실장은 웃으면서 회장실을 나갔다.

그는 곧바로 송가인에게 퇴근하라는 지시를 내릴 것이다.

*   *   *

가인이와 함께 오랜만에 남산 길을 걸었다.

꽃 피는 3월이 다가왔지만 아직은 차가운 공기가 여전히 남아 있었다.

그래서인지 남산 길을 걷는 사람이 그리 많지 않았다.

"오늘은 바쁜 일이 없는 거야?"

가인이 나를 올려다보며 물었다.

가인이는 키가 170㎝를 넘었지만 내 키도 185㎝까지 커버
렸다.

사업적인 역량 외에도 이전의 삶과 확연히 달라진 것 중에
하나가 외모와 키였다.

"비서실에서 잘 알지 않아?"

"회장님께서는 스케줄과 상관없이 움직일 때가 많으시잖아
요?"

"흠, 물론 그럴 때도 있지만, 비서실에서 정해준 스케줄에
많이 의존하는데."

"오늘도 스케줄에 들어 있지 않은 일인 것 같은데?"

"내가 비서실장님에게 부탁을 했지. 우리 가인이와 데이트
를 좀 할 수 있게 해달라고 말이야."

살며시 가인의 손을 잡으며 말했다.

"황공해서 어쩌지. 닉스홀딩스와 룩오일NY을 이끄시는 회
장님을 독차지해서."

말과 달리 싫지 않은 표정이었다.

예인이가 사라지고 나서부터 나를 더욱 의지하게 된 가인이
와 함께하는 시간은 회사 업무로 더 줄어들었다.

"그때는 미안했어. 탄자니아와 DR콩고에 테러가 연이어 발
생해서 말이야."

가인이와의 여행 약속을 지키지 못했다.

"알아, 갈 수밖에 없었다는 걸. 하지만 머리에서는 이해가 되지만, 마음은 그렇지가 않더라고."

가인이의 마음을 이해할 수 있었다.

예전처럼 서울대 캠퍼스를 누비며 많은 시간을 함께했던 시절은 다시 올 수 없었다.

"그래서 더 미안해. 점점 거짓말쟁이가 되는 것 같아서 말이야."

"사람을 무안하게 만드는 기술도 점점 늘었어. 그렇게 말하면 화를 낼 수가 없잖아."

가인은 팔짱을 깊숙이 끼며 말했다.

"기술이 아니라 진심인데."

"알고 있어. 오빠는 언제나 진심이라는걸."

"그나저나 우린 언제 결혼하냐?"

"빨리 결혼하고 싶어서?"

"아버지하고 엄마가 손주나 손녀를 보고 싶어 하시는 눈치더라고."

"나도 정말 하고 싶어. 하지만 예인이가 없으면 안 될 것 같아."

가인은 예인이와 함께 행복한 순간을 함께하고 싶은 마음이었다.

자신이 결혼식에 들 부케도 예인이에게 주고 싶어 했다.

"당연히 기쁜 날에 예인이가 함께 있어야지. 너무 걱정하지 마, 올해는 무슨 일이 있어도 찾을 테니까."

"꼭 그래야 해."

"물론이지. 자, 슬슬 배도 고픈데 맛있는 것 먹으러 가자."

"어디로 갈 건데?"

"가까운 닉스호텔로 갈까?"

"아니, 차라리 저기가 더 나을 것 같은데."

가인이 손으로 가리킨 곳은 길모퉁이에 자리 잡은 포장마차였다.

"좋아, 오늘은 오빠가 화끈하게 쏠 테니까. 뭐든지 다 시켜."

"정말 다 시킨다."

"그래, 가인이가 먹고 싶은 것 다."

"OK! 자, 가시죠."

가인이 앞으로 손을 뻗으며 날 안내하듯이 걸었다.

어쩌면 우린 포장마차가 잘 어울리는 연인인지 모른다. 그곳에서 적지 않은 추억을 만들어왔기 때문이다.

*   *   *

닉스하얏트에 약속 시간보다 15분 먼저 도착했다.

닉스홀딩스 회장의 출연에 호텔 직원들은 바짝 긴장하는

눈치였다.

대산그룹 이중호 회장과의 약속은 비즈니스 센터 미팅 룸에서 만나기로 했다.

비즈니스맨의 다양한 업무를 돕기 위해서 새롭게 조성된 공간으로 초고속 인터넷과 외국어 통역이 가능한 직원들이 배치되어 있다.

약속 시각을 5분 정도 남겨둘 때 대산그룹의 이대수 회장이 처음 보는 두 사람을 데리고 나타났다.

"하하하! 항상 먼저 오시네요. 그동안 잘 지내셨습니까?"

이대수 회장은 환한 표정으로 웃으면서 들어오며 악수를 청했다.

"예, 잘 지내고 있습니다. 요즘 들어 대산에 좋은 소식만 들려오는 것 같습니다."

"하하하! 그런가요? 어려운 시기를 지나다 보면 좋은 날도 오는 것 같습니다."

"자! 앉으시지요."

비즈니스 센터 미팅 룸은 8명 정도가 앉을 수 있는 공간이었다.

"미안하게도 제가 미처 이야기를 드리지 못했습니다. 여기 계신 두 분은 주선일보를 이끄시는 박정호 대표님과 서주원 주필님이십니다."

예상했던 대로 이대수 회장은 약속 장소에 두 사람을 데리고 나왔다.

"처음 뵙겠습니다. 박정호라고 합니다."

"서주원입니다."

두 사람은 이대수 회장의 소개에 머쓱한 표정으로 내게 인사를 건넸다.

"아, 예. 오셨으니, 일단 자리에 앉으시죠."

두 사람에게 앉으라는 손짓을 건넸다.

"미안하게 됐습니다. 두 분께서 워낙 간곡하게 강 회장님을 뵙자는 통에 제가 이런 실례를 했습니다."

이대수 회장은 나에게 미안하다는 의사를 다시 한번 피력했다.

"괜찮습니다. 저도 한 번쯤은 만나볼 생각이 있었습니다."

"하하! 그러셨다면 제가 마음이 편해집니다. 서로 오해가 있었다면 이 자리에서 풀면 좋겠습니다. 박 대표님과 서 주필님은 이 나라를 이끌어가시는 강 회장님을 여러모로 도울 수 있는 분들입니다."

"무슨 말씀인지 알겠습니다. 일단 두 분께 절 만나고 싶어하신 이유를 묻고 싶습니다."

"저희 쪽 직원들이 닉스홀딩스에 대해 뭔가 크게 오해를 한 것 같습니다."

박정호가 내 말에 조심스럽게 입을 열었다.

"어떤 오해를 말씀입니까?"

"오해라기보다는 저희 쪽 직원의 잘못입니다. 거짓된 정보를 제대로 확인도 하지 않은 채 기사를 내보냈습니다. 직원의 잘못된 기사를 거르지 못한 제 잘못도 큽니다. 진심으로 사과드립니다."

주선일보 박정호 대표의 말을 재빨리 가로채며 서주원 주필이 대답했다.

그는 나에게 고개를 깊숙이 숙이며 사과를 건넸다.

"정말 죄송합니다. 저희 기사로 인해 피해가 간 부분은 어떻게든지 보상할 수 있도록 노력하겠습니다."

자신의 말이 잘못되었다는 것을 느꼈는지 박정호도 고개를 숙이며 사과를 건넸다.

"말씀을 잘 꺼내셨습니다. 저희와 주선일보 사이의 문제는 간단합니다. 말씀하신 대로 거짓 기사로 인해 우리가 피해를 본 부분에 대해 보상을 해주시면 끝날 문제입니다. 그에 관한 부분은 저희 쪽 직원들이 절차를 진행하는 것으로 알고 있습니다."

내 말에 두 사람의 표정이 달라지는 것이 확연히 보였다.

"하하하! 아랫사람들이 풀지 못하는 일을 윗사람이 풀려고,

오늘 이 자리를 마련한 것이 아닙니까? 솔직히 회사를 운영하는 사람의 입장에서 내 맘 같은 직원들이 많으면 좋겠지만, 현실이 그렇지 못해서 종종 사고와 오해를 불러옵니다."

이대수 회장은 분위기를 조성하려고 여러모로 애를 썼다.

"회사 직원들을 제대로 관리하지 못한 점 다시 한번 사과드립니다. 강 회장님께서 이번 일을 넘어가 주신다면 앞으로 주선일보는 회장님이 진행하시는 어떠한 일도 물심양면으로 돕겠습니다. 여기 계신 이 회장님께서도 증인이 되어주실 것입니다."

"하하하! 그거야 물론이지요. 비가 온 다음에 땅이 더욱 굳어지지 않습니까. 국내 제일의 기업인 닉스홀딩스와 국내 최고의 신문인 주선일보가 협력한다면 이 나라에서 못 할 일이 전혀 없을 것입니다."

이대수 회장은 호탕한 웃음을 내보이며 말했다.

그의 말처럼 국내 제일의 기업은 닉스홀딩스가 맞았다.

일반 국민들은 그렇게 느끼지 못할지도 모르겠지만, 재계의 인물들 모두가 인정하는 일이었다.

닉스홀딩스 산하 기업들의 주요 공장들이 신의주특별행정구에 있다는 것 때문에 국민들은 실제 그룹의 크기보다 작게 보는 경향이 있었다.

"말씀하신 대로 비를 맞은 닉스홀딩스는 주선일보를 통해서 많은 것을 배웠습니다. 기업이 경영만 잘해서 될 일이 아니라는 것을 말입니다. 그리고 언론을 어떻게 다루어야 하는지도 말입니다."

"하하하! 강 회장님께서 상심이 크셨던 것 같습니다. 제 역할을 여기까지인 것 같으니, 세 분께서 좋은 말씀을 나누시기 바랍니다."

자리에서 일어나는 이대수 회장은 내 말에 웃음으로 답했지만, 눈빛은 그렇지 못했다.

"절 위해 신경을 써주셔서 감사합니다."

자리를 뜨는 이대수 회장에게 정중히 인사를 건넸다.

"하하! 강 회장님은 남 같지 않다는 생각을 늘 갖고 있습니다. 좋은 시간 되시길 바랍니다."

"들어가십시오, 회장님, 조만간 찾아뵙겠습니다."

"안녕히 가십시오."

주선일보의 서주원과 박정호도 자리를 마련해 준 이대수 회장에게 정중히 인사를 건넸다.

이대수 회장이 비즈니스 센터를 나가자마자 다시금 이야기를 이어갔다.

"닉스홀딩스는 걸어온 싸움을 이런 식으로 끝낼 생각이 없습니다."

"강 회장님, 저희 주선일보는 잘못된 점을 바로잡기 위해 노력하고 있습니다. 사실과 달랐던 기사에 대해서는 정정 기사를 내보냈습니다. 그리고 잘못된 기사에 대한 책임을 물어 해당 기자를 해고했습니다. 저희에게 한번 기회를 주신다면 멋진 모습을 보여 드리겠습니다."

박정호 대표가 다시금 부탁하듯이 말했지만, 이전의 주선일보의 자세가 아니었다.

닉스홀딩스가 사실과 다른 기사에 대해 공식적으로 정정 기사를 요청했었지만, 주선일보는 거들떠보지 않았다.

그러나 닉스홀딩스가 SCS방송과 미래경제신문을 전후의 태도가 확실히 달라졌다.

주선일보의 기사에 맞받아칠 강력한 무기를 마련한 것이 무엇보다도 컸다.

여기에 국내외의 소송은 주선일보가 생각지도 못한 일이었다.

"글쎄, 나는 그런 생각이 없는데."

나의 반말 투에 두 사람의 표정이 그대로 일그러졌다.

Chapter 6

　"저희가 내민 화해의 손을 잡지 않으시겠다는 말씀이십니까?"

　서주원 주필이 심각한 표정으로 물어왔다.

　"후후! 닉스홀딩스가 호구인 줄 알았는데, 호구가 아닌 것을 알게 되니까 화해의 손을 내민다. 그런 방법이 다른 기업들에는 통했는지 모르겠지만, 나에게는 통하지 않아."

　노골적인 반말 투에 박정호의 두 눈썹이 꿈틀거렸다.

　"말이 좀 지나치신 것 같습니다."

　아니나 다를까 박정호의 목소리의 톤이 높아졌다.

"지나친 것은 내가 아니라 주선일보였지. 말이 되지 않은 기사를 통해서 닉스홀딩스와 산하 기업들에 피해를 주고서, 인제 와서 직원들을 핑계 삼아 화해를 요청한다면 덥석 손을 잡을 줄 알았나 보지."

"회장님의 말씀처럼 적절치 못한 기사에 대해서는 다시 한 번 깊이 사과드립니다. 저희에게 바라시는 것이 있다면 어떤 일이든지 최선을 다해 돕겠습니다. 이 나라에선 주선일보가 힘을 쏟으면 안 되는 일도 되게 할 수 있습니다."

서주원 주필은 박정호와 달리 나의 도발에도 침착하게 대응했다.

그는 닉스홀딩스와의 싸움은 전혀 실익이 없고 피해만 키울 뿐이라는 것을 아는 인물이었다.

'역시 주선일보를 이끄는 인물답군.'

"하하하! 우습군. 언제부터 일개 신문사가 안 되는 일을 되게 하는 비상식적인 나라가 되었는지 말이야. 난 말이지, 지금까지 걸어온 싸움을 흐지부지 끝내지 않고 결말을 꼭 보았었지."

"강 회장! 말이면 다 줄 알아. 주선일보가 어떤 곳인지……."

"박 대표! 앉아요! 지금 우리가 강 회장님과 싸우러 온 줄 알아요?"

내 말에 흥분한 채로 자리에서 벌떡 일어난 박정호를 향해

서주원 주필은 큰 소리로 말했다.

그의 말에 얼굴이 붉게 달아오른 박정호는 마지못한 표정으로 자리에 앉았다.

털썩!

"회장님께 사과드리세요."

"제가 잠시 흥분했습니다. 죄송합니다."

박정호는 서주원의 말에 고개를 숙이며 말했다.

"하하하! 서 주필께서는 똥 마려운 강아지를 잘 다스리는 것 같습니다. 그래서 주선일보는 서주원 주필이 움직인다고 하는군요."

"뭐! 내가 똥개라는 거야?"

박정호 대표는 내 도발에 다시금 폭발했다.

"허허! 강 회장님께서 선을 넘으신 것 같습니다. 보아하니, 저희의 사과를 받아들일 것 같지 않군요."

"여기서 끝내면 결말이 나지 않으니까요. 닉스홀딩스는 주선일보 때문에 큰돈을 지불했습니다. 그 돈의 이자까지 쳐서 받아낼 생각입니다."

SCS방송과 미래경제신문의 인수는 계획에 없던 일이었다.

두 회사의 인수는 주선일보와 적대적인 언론과의 싸움을 위해서였다.

"이대로 싸움을 계속하면 서로에게 이득이 없을 텐데요."

"이득이 없는지는 두고 보면 알겠지요."

"오늘 회장님의 말씀에 많은 것을 배웠습니다. 조만간 다시 한번 찾아뵙겠습니다."

서주원 주필은 나에게 살짝 고개를 숙인 후 자리에서 일어났다.

그와는 달리 박정호는 나를 적대적인 눈빛으로 바라보며 서주원의 뒤를 따라서 비즈니스 센터를 나섰다.

"서주원이 보통이 아닌 것 같습니다."

"예, 지금의 주선일보를 만든 사람이 서주원 주필이라고 이구동성으로 말하고 있습니다."

내 말에 뒤쪽에 대화를 듣고 있던 김동진 비서실장이 답했다.

"일정대로 진행하십시오. 언론과 정치계를 정리하지 않고서는 이 나라의 변혁은 이루어질 수 없으니까요."

"예, 말씀대로 진행하겠습니다."

주선일보와의 싸움은 끝난 게 아니라 이제부터 시작이었다.

*   *   *

나눔기술은 원래의 상장 계획보다 3개월 앞서서 코스닥에 상장했다.

소빈서울뱅크의 투자를 바탕으로 투자와 상장에 필요한 자금을 확보했다.

소빈서울뱅크는 35억 원의 투자로 나눔기술의 지분 24%를 확보했다.

상장 첫날 나눔기술의 주가는 1,075원으로 마감했다.

장중 한때 1,100원을 넘어서기도 했지만, 장 마감 매도세에 밀려 1,100원 아래로 떨어진 것이다.

"꾸준히 매입해."

소빈서울뱅크 국제금융센터 코스닥 2팀을 담당하는 이찬기 팀장이 팀원인 윤재수에게 말했다.

두 사람은 외환은행과의 합병을 통해서 소빈서울뱅크에 합류했다.

"팀장님, 정말 이 주식들이 날아갈 것 같습니까?"

"가능성은 보이지만 확신은 할 수 없지."

"시키는 대로 매입하고는 있지만, 가능성이 없는 주식들도 보여서요."

소빈서울뱅크 국제금융센터에서는 상장된 나눔기술을 비롯하여 다음, 싸이버텍, 버추얼텍, 장미디어, 로커스, 디지털주선,

미디어솔루션, 마크로젠 등 코스닥에 등록된 주식들을 꾸준히 매입하고 있었다.

"소문에는 비서실에서 내려온 지시라는 말이 있어."

"그룹 비서실요?"

"그래, 정확하게 누구의 지시 상황인지는 모르겠지만, 미국은 물론이고 한국과 일본, 서유럽의 IT 기업과 벤처기업들의 주식을 사들이고 있으니까."

"팀장님, 그러면 우리도 사야 하는 것 아닙니까?"

"농담이라도 그런 소리 하지 마. 그랬다가는 회사를 떠나는 것은 물론이고 얻은 이득에 몇 배는 토해내게 될 테니까."

국제금융센터에 들어올 때 작성된 서류에는 업무상 얻어지는 정보를 통해서 주식이나 선물거래를 통해 이익을 얻는 사원은 해고는 물론이고, 형사상의 고발과 함께 얻은 이익의 3~4배를 배상해야만 했다.

"물론 제가 사는 것이 아니죠."

윤재수는 외환은행에서 근무할 때에도 내부 정보를 이용해 쏠쏠하게 재미를 보았었다.

"여긴 외환은행하고 다르니까. 엉뚱한 생각 하지 마."

이찬기 팀장은 경고하듯이 말했다.

두 사람 다 국제금융센터에서 진행하는 보안 교육을 받았지만, 고급 정보에 접근할 수 있는 팀장은 별도의 교육을 더

받았다.

이찬기 팀장은 작은 실수로 인해서 최고의 근무 조건과 급여를 제공하는 국제금융센터를 떠나고 싶지 않았다.

더구나 국제금융센터의 최첨단 보안 시스템은 어떻게 작동되고 있는지도 알 수 없었다.

"알겠습니다. 정말 아쉽긴 합니다."

"지금의 월급으로도 충분히 잘 먹고 잘살 수 있어. 이런 좋은 직장을 원하는 사람들이 널렸다는 걸 명심해."

이찬기 팀장의 말처럼 소빈서울뱅크에 입사하기 위해 해마다 수많은 사람들이 수시로 지원했다.

소빈서울뱅크는 정기적인 공채보다는 필요한 인원이 있으면 그때마다 입사자를 뽑거나, 기존 지원들의 추천을 통해서 필요한 인력을 수급했다.

　　　　*　　　　　*　　　　　*

윤재수는 퇴근하자마자 2살 아래 사촌 동생을 만났다.

"요새 바쁘다며?"

"바빠도 돈 버는 일은 하려면 시간을 내야지."

"무슨 재미있는 일이라도 있어?"

"아직은 모르지만, 돈이 될 것 같은 일이 있다. 3천 정도 통장으로 보낼 테니까. 여기 적힌 주식들을 좀 사."

윤재수는 메모지를 사촌 동생인 윤정수에게 건네며 말했다.

"이거 코스닥 종목들 아니야?"

윤정수도 주식을 하고 있었기 때문에 윤재수가 건넨 종목들을 한눈에 알아봤다.

"그래. 아직은 움직임이 없지만, 회사에서 매입하고 있는 종목들이야."

"이런 걸 막 알려줘도 되는 거야?"

"너하고 나밖에 몰라야지. 이거 알려지면 나 회사에서 그냥 모가지다. 그러니까 절대로 비밀로 하라고."

윤재수는 오른손을 들어 자신의 목을 가리키며 말했다.

"알았어. 비중은 어떻게 해?"

"삼분의 일은 나눔기술을 매입하고, 나머지는 골고루 사."

"나눔기술을 천만 원어치나 사라고?"

윤정수는 의구심이 가득한 표정으로 물었다.

상장한 지 며칠 되지도 않은 나눔기술은 주식 전문가들의 예상 가격보다 주가가 예상치를 벗어났다.

2천 원 이상을 예상했지만 별다른 움직임 없이 1,050원까지 흘러내린 상태였다.

"소빈서울뱅크에서 투자한 회사야. 어떻게든 움직이도록 만들겠지. 우리 팀 말고도 다른 팀에서도 매입하는 것 같으니까."

"오케이! 정말 이 종목들이 오르는 것 확실한 거지?"

"오를 거야. 지금까지 소빈뱅크가 움직여서 실패한 적이 없다고 들었으니까. 하여간 너도 여윳돈 있으면 집어넣어."

"알았어. 2천만 원 정도는 융통할 수 있으니까, 형 계좌에 집어넣고 함께 돌리지."

"다시 한번 말하지만 다른 사람의 귀에는 절대로 들어가지 않게 해라."

"이 좋은 걸 왜 나눠 먹어. 확실한 거잖아?"

"확실하지. 그러니까 더욱 조심하라는 거야."

"걱정하지 마. 오늘은 좋은 정보를 주었으니까, 내가 살게."

"오래간만에 달려볼까?"

"형수한테는 내가 전화해 놓을게."

"하하하! 당연히 그래야지."

윤재수는 윤정수의 말에 기분 좋은 웃음을 토해냈다.

*　　　　*　　　　*

소빈뱅크 아시아 국제금융센터는 한국, 일본, 대만, 홍콩, 중국, 싱가포르 등의 주가와 환율을 감시했다.

국제금융센터가 설치된 한국, 일본, 홍콩 등은 아시아 국제 금융센터와 연동되어 투자가 이루어지는 주식과 외환시장의 움직임을 모니터링할 수 있었다.

　아시아 국제금융센터는 러시아와 동유럽 출신 인물들이 주로 담당했다.

　"프로젝트 A에 속한 주식들의 거래량이 갑자기 늘어났습니다."

　모니터를 살피던 벨로프의 말이었다.

　"일상적인 변동 폭을 넘어섰나?"

　팀장인 코지레프가 물었다.

　"예, 저번 주 금요일부터 거래량이 늘어나기 시작했습니다. 지금은 종목별로 평소 거래량의 2~3배를 넘어서고 있습니다."

　"세력이 붙은 건가?"

　"그건 아닌 것 같습니다. 매입량과 가격 변동을 살펴볼 때 정보 유출이 의심됩니다."

　"담당자가 누구지?"

　"서울국제금융센터 코스닥 2팀이 주로 담당하고 있습니다. 코스닥 2팀은 이번에 합병한 외환은행 출신들이 주축이 된 팀입니다."

벨로프의 말에 코지레프 팀장은 자신의 모니터에서 증권사
별 거래 내용을 살폈다.

"지금 당장 담당자들의 거래 내용을 산출하고, 증권 계좌
를 파악해."

"알겠습니다."

벨로프는 손놀림이 바빠졌다.

그러는 사이 코지레프 팀장은 어디론가 전화를 걸었다.

*　　　　*　　　　*

"뭐냐? 갑자기 왜 이리 빠지는 거야?"

우유 대리점을 운영하는 윤정수는 고속 인터넷이 연결된
컴퓨터를 보며 말했다.

주식 투자를 위해 큰맘 먹고 고속 인터넷을 연결했다.

오전장부터 자신이 투자한 종목들이 맥을 못 추고 죽죽 흘
러내렸다.

사촌 형인 윤재수를 통해서 알게 된 정보를 토대로 산 주식
들은 예상대로 조금씩 상승했다.

윤재수에게서 받은 정보를 윤정수는 제일 친한 친구 두 명
에게 술김에 이야기했다.

절대 이야기하지 말라는 명제를 달았지만, 두 사람의 입을

통해서 소빈서울뱅크가 투자한 종목이라는 이름으로 다른 사람들에게 전해졌다.

그렇게 전달된 정보를 토대로 해당 종목들을 매입하는 사람들이 늘어나자 주가가 상승하고 거래량도 늘어났다.

따르릉! 따르릉!

책상에 올려진 전화기가 요란하게 울렸다.

"여보세요?"

─어떻게 된 거야?

정보를 건네준 친구 중 하나인 김학진이었다.

"나도 몰라."

─확실하다고 해잖아. 마누라 몰래 적금까지 깨서 3천5백만 원이나 집어넣었다고.

"나도 수금한 돈 2천이나 더 추가해서 샀어. 일단 끊어봐."

윤정수는 총 7천만 원을 주식에 투자했다.

─시바! 이거 잘못되면 우리 집은 끝장이다.

"무슨 소리야? 너 혹시 다른 사람에게 말했냐?"

─중수 형한테만 말했어.

김중수는 김학진의 친형이었다.

"아! 정말. 절대 이야기하지 말라고 했잖아!"

윤정수의 목소리가 커졌다.

─우리 형에게만 말했다니까. 다른 사람에게는 말도 꺼내

지 않았어.

그때였다.

윤정수의 핸드폰이 울렸다.

"알았으니까, 끊어봐. 전화 들어오니까."

─연락 좀 바로 주라.

딸깍!

"여보세요?"

─오빠! 어떻게 된 거야? 8%나 빠졌어.

핸드폰으로 걸려온 전화는 윤정수가 자주 가는 단골 바에서 일하는 이혜수라는 아가씨였다.

호감을 갖고 있던 이혜수에게 환심을 사기 위해서 주식 이야기를 꺼냈었다.

"조금만 기다려 봐. 금방 괜찮아질 거야."

─정말이지? 엄마가 곗돈까지 집어넣었단 말이야.

"누구한테도 말하지 말라고 해잖아!"

─왜 큰 소리야? 엄마한테밖에 말하지 않았어.

"그래, 알았어."

─정말 별일 없는 거지?

"내가 알아보고 전화 줄게."

─꼭 전화 줘.

"그래, 전화 줄게."

탁!

핸드폰을 끊고 나자마자 윤정수는 윤재수에게 전화를 걸었다.

—여보세요?

"어떻게 된 거야?"

윤재수의 목소리가 들리자마자 따지듯이 물었다.

—회사로 전화하지 말랬지.

"지금 그럴 상황이야. 10%나 빠졌잖아. 나 본사에 넣을 우유 대금까지 집어넣었어."

전화하는 사이 나눔기술을 비롯한 윤정수가 투자한 종목들이 더 떨어지고 있었다.

—나도 몰라. 갑자기 거래를 중지하라는 지시가 위에서 내려왔어.

"뭐냐? 어떻게 하라는 거야?"

—기다리고 있어. 나도 상황을 좀 파악해야 하니까.

"지금 그런 말이 나와."

—나중에 통화하자. 팀장이 날 부른다.

"형! 재수 형!"

뚜— 우! 뚜— 우!

"아! 시발. 이번에 잘못되면 절대 가만있지 않는다."

쾅!

신경질적으로 수화기를 내려놓은 윤정수의 눈은 모니터로 향했다.

나눔기술과 버추얼텍이 12%나 빠지며 하한가로 향해가고 있었다.

　소빈서울뱅크가 투자했다는 소식으로 나눔기술, 다음, 싸이버텍, 버추얼텍, 장미디어, 로커스, 디지털주선, 미디어솔루션, 마크로젠 등이 상승세를 보였다.

　그러나 상승세는 그리 오래가지 못했다.

　갑작스러운 매물이 쏟아지자 해당 종목들 모두가 하락세를 보였다.

　그중 다음, 나눔기술, 버추얼텍 등 절반에 해당하는 종목들은 하한가를 맞았다.

　하한가 종목들은 다음 날에 더욱 늘어났고, 팔고자 하는 매물이 계속해서 쌓였다.

"시바! 어떻게 된 거야?"

연신 담배를 입에 문 윤정수는 답답하기만 했다.

사촌 형인 윤재수와 저녁때 간신히 통화했지만 기다리라는 말뿐이었다.

"어! 장미디어도 하한가네."

윤정수가 매입한 모두 종목들이 하한가로 곤두박질했다.

따르릉! 따르릉!

책상에 올려놓은 전화기가 요란하게 울렸지만, 윤정수는 전화를 받지 않았다.

그러자 핸드폰과 삐삐가 동시에 울렸다.

"시발! 어쩌라고."

삐삐에 찍힌 번호를 확인한 윤정수의 입에서는 욕이 튀어나왔다.

중학교 친구인 이상윤이었다.

김학진과 함께 이상윤에게도 주식 정보를 알려주었다.

"여보세요."

윤정수는 핸드폰에 걸려온 전화는 받았다.

—오빠! 이거 뭐야? 오늘은 올라간다며.

단골 술집인 르챔버의 이혜수 목소리였다.

"걱정하지 마, 세력이 들어와서 흔드는 거야. 그냥 꽉 붙들고 있어. 여기서 놓치면 이 종목 더는 살 수 없다."

윤정수는 없는 말을 지어내며 이혜수를 달랬다.

—정말이야?

"그래. 작전이 들어갔는데, 명동 쪽에서 놀던 세력 중 하나가 탑승했대. 지금 그놈들 아작 내려고 내리는 거야."

—그렇게 말하면 되는 거지?

"너 또 누구에게 말했냐?"

—아니! 엄마한테 말하려고. 겟돈 날리면 나 집에서 쫓겨나.

이혜수는 정색하며 말했다.

이혜수 또한 단골손님과 주변 친구에게 정보를 전했다.

"그리고 투자는 자신이 책임지는 거야. 누가 이래라저래라 흔들리면 돈을 벌 수 없어."

—알았어. 정말 오늘 올라가는 건 확실하지?

'나도 몰라. 이젠 네가 알아서 해라.'

"지켜봐. 정보 들어오면 바로 연락해 줄 테니."

—꼭 전화 줘. 오늘 바로 나오면 내가 술 한잔 살게.

평소에 윤정수에게 도도한 모습을 보였던 이혜수는 돈이 걸린 문제가 생기자 행동이 달라졌다.

'시발! 진작에 좀 그러지.'

"그래, 시간 봐서 나갈게."

—알았어. 이따 봐.

탁!

"아! 이러다가 정말, 좆 되는 것 아닌지 몰라."

모니터에 다시금 쳐다본 윤정수는 불안한 마음이 몰려왔다.

벌써 투자금의 30%가 날아간 상태였다.

$$* \qquad * \qquad *$$

"윤재수 씨! 정말 외부로 거래 내용을 누설하지 않았습니까?"

소빈서울뱅크 내부 보안감사팀의 손현수 대리가 윤재수의 거래 내용을 살피며 물었다.

"제가 미쳤다고 그런 짓을 합니까?"

"윤재수 씨가 해당 종목들의 거래를 맡고 나서부터 이상 거래 신호가 나타났는데도 말입니까?"

"후! 누굽니까? 누가 저한테 이런 누명을 씌운 것입니까?"

윤재수는 억울한 표정을 지으며 한숨을 내쉬었다.

어제 이찬기 팀장의 부름을 받은 윤재수는 감사가 있을 거라는 말을 들었다.

그리고 다음 날 오전부터 보안감사팀이 들이닥쳤다.

"누명을 씌운 사람은 없습니다. 윤재수 씨의 말처럼 외부로 정보를 누설하지 않았으면 됩니다. 하지만 그렇지 않았다면 모든 책임은 윤재수 씨가 지셔야 합니다."

"하하! 정말이지 생사람을 잡는 것입니다."

"저희가 조사를 해보니까, 외환은행 시절 내부 정보를 이용한 거래를 하셨던데."

'시발! 이 팀장이 말한 건가?'

"아니요, 그런 적 없습니다. 외환은행 시절부터 전 우수 사원으로 사내에서 높은 평가를 받았습니다."

"예, 저희도 그 점은 알고 있습니다. 그랬기 때문에 국제금융센터에서 근무하시게 된 것이고요. 하지만 지금 저희가 가진 자료와 증거들을 보면 코스닥 2팀에서 윤재수 씨가 가장 의심이 가는 행동을 하셨습니다."

"무슨 행동을 했다고 그러십니까?"

"전번 주에 3천만 원을 사촌 동생인 윤정수 씨에게 보내셨더군요. 더구나 증권 계좌로요."

'뭐야? 계좌를 조사한 거야?'

"아, 그게. 정수가 우유 대금이 부족하다고 해서……."

손현수 대리의 말에 억울한 표정을 하고 있던 윤재수가 당황스러운 모습을 보였다.

"저희가 조사한 바로는 윤정수 씨가 운영하는 우유 대리점은 한 달에 2천만 원 정도의 우유 대금을 본사에 내는 것으로 알고 있는데요. 3천만 원은 정말 우유 대금을 빌려주기 위한 것입니까?"

"천만 원은 제가 빌렸던 돈을 갚은 것입니다."

"윤재수 씨, 제가 지금 기회를 드리고 있다는 걸 모르십니까?"

손현수 대리가 보고 있던 서류를 덮으며 말했다.

"예, 그게 무슨 말씀인지?"

"제가 윤재수 씨의 조사를 마치고 나가면 끝이 아닙니다. 만약 윤재수 씨가 끝까지 아니라고 변명을 내세우시면 아시아 국제금융센터 감사팀까지 나서게 됩니다. 그러면 윤재수 씨를 구제할 방법이 없습니다."

"제가 그런 것이 아닌데, 달라지는 것이 있습니까?"

손현수의 말에 윤재수는 불안한 표정을 지었다.

"여기서 인정하면 해고 처리와 퇴직금 반납으로 끝나지만, 아시아 국제금융센터 감사팀이 나서면 형사 고발과 함께 민사소송이 진행됩니다. 또한 윤재수 씨는 국내는 물론 해외의 어떤 금융기관에도 취업할 수 없게 블랙리스트에 올라갑니다."

"아니, 제가 뭘 잘못했다고."

"여기 있는 서류만 가지고도 충분히 입증할 수 있습니다.

더구나 사촌 동생분께서 여기저기 정보를 흘리고 다니셨더군요."

'개새끼! 그렇게 말하지 말라고 했는데……'

더는 버틸 수 없게 만드는 말이었다.

"죄송합니다. 정말이지 저는 그럴 마음이 없었는데, 사촌 동생이 하도 부탁하는 바람에……"

윤재수는 고개를 숙인 채 윤정수에게 정보를 제공했다는 말을 시인하기 시작했다.

*　　　　*　　　　*

"소빈서울뱅크 국제금융센터에서 정보가 외부로 누출되는 일이 발생했습니다. 관련자를 찾아 문책하고 곧바로 조치를 취했습니다."

소빈서울뱅크 은행장으로 승진한 그레고리의 보고였다.

"흠, 한 번쯤은 발생할 거라고 생각은 했는데, 그게 소빈서울뱅크에서 일어났군."

"죄송합니다. 외환은행과 합병한 후 외부 인력 충원보다는 내부 인력을 활용하기 위해서 외환투자와 주식투자에 연관된 인물들을 국제금융센터에 받아들였습니다. 그중에 한 인물이 자신이 관리하는 코스닥 투자 종목을 사촌 동생에게 전달했습니다."

"국내 인력을 투입한 것이 시기상조였나?"

"그렇지는 않습니다. 나머지 인원들은 우수한 능력을 바탕으로 큰 수익을 내고 있습니다. 보안 의식이 부족한 인원들에 대해서 별도의 조치가 곧 이루어질 것입니다."

"그레고리, 우리가 진행하는 일은 단순히 이익을 내기 위해서가 아니야. 한국과 러시아가 새로운 변화와 변혁을 성공적으로 이끌어가기 위한 작업을 하려는 것이지. 작은 구멍 하나가 댐을 무너뜨릴 수도 있다는 것을 명심해."

"죄송합니다. 확실한 대책을 수립하여 다시는 이런 일이 발생하지 않도록 하겠습니다."

"한 번은 실수로 여길 수 있지만 두 번은 그렇지 못하다는 것을 알아야 해."

"예, 명심하겠습니다."

그레고리는 내 말에 고개를 숙이며 대답했다. 그의 이마와 목덜미에서 식은땀이 흘러내렸다.

소빈서울뱅크 국제금융센터 코스닥 2팀의 전체 인원이 다른 부서로 이동했다.

2팀을 맡았던 이찬기 팀장은 관리 책임 소홀로 팀장직에서 물러났고 대기 발령이 났다.

정보 관리에 대한 안일한 보안 의식을 가지고 있던 인물들은 이번 조치로 인해서 긴장하는 모습이 역력했다.

팀원 하나의 잘못 때문에 한 팀이 통째로 해체되었고, 그 자리는 한국인이 아닌 다국적 인물들이 차지했다.

소빈뱅크와 합병한 외환, 서울, 한일, 상업은행에 근무했던 인물들에 대한 강도 높은 보안 교육이 별도로 진행되었다.

이러한 교육에 반발하는 직원들은 퇴사를 권고할 정도로 강력한 조치였다.

네 은행이 소빈뱅크에 합병되면서 절반이 넘는 직원들이 은행을 떠났다.

세계적인 은행인 소빈뱅크에 소속되었다는 것만으로 안일하게 생각하던 직원들은 자기 계발과 새로운 도전을 요구하는 소빈뱅크에 적응하지 못하고 힘들어했다.

은행에 취직하면 높은 연봉에 평생직장이라고 생각했던 시절은 점차 사라지고 있었다.

소빈서울뱅크가 투자를 진행했다고 소문이 나던 주식들은 무더기 하한가를 맞았고, 이 주식에 투자했던 개인들은 큰 손해를 보았다.

코스닥에 관심을 보였던 개인들은 이 사태 이후 아직은 코스닥이 시기상조라며 거래소로 옮겨갔다.

이 여파로 인해서 코스닥에 상장한 종목들이 전체적으로 하락하는 현상이 일어났다.

코스닥에서 개인들의 관심이 떠날 때쯤 다시금 홍콩의 국제금융센터에서 한국의 코스닥 종목을 매집하기 시작했다.

*　　　　　*　　　　　*

대산그룹의 이대수 회장과 선진그룹 최용호 회장, 그리고 대상그룹 김형영 회장이 민한당(민주한국당)의 한종태를 만났다.

민한당를 떠났던 한종태는 부산 보궐에 출마하기 위해 다시금 민한당에 입당했다.

"하하하! 선거를 해보나 마나입니다. 다른 후보와 차이가 나도 너무 납니다."

이대수 회장이 기분 좋은 웃음소리로 말했다.

한종태와 국민당의 후보와의 지지율 차이가 30%나 벌어졌기 때문이다.

"하하하! 이게 다 여기 계신 회장님들 덕분입니다."

한종태 또한 호탕한 웃음으로 지금의 기분을 표현했다.

"별말씀을 다 하십니다. 저희가 한 것은 아무것도 없습니다. 한 대표님께서 모두 만드신 일이시지요."

대상그룹의 김형영 회장이 손사래를 치며 말했다.

"하하하! 맞는 말씀입니다. 이번 선거판은 한 대표님께서 다 만들어놓으신 것이 아닙니까?"

선진그룹 최용호 회장도 김형영 회장의 말을 거들었다. 부산 경제가 다시금 살아나기 위해선 한종태가 필요하다는 선거 현수막이 곳곳에 나부꼈다.

"하하하! 누가 들으면 진짜인 줄 알겠습니다. 여러분들이 함께해 주셨기 때문에 이른 시간에 돌아올 수 있었습니다."

겸손한 말로 자신을 낮춘 한종태였지만 표정은 자부심이 가득했다.

대선에 실패한 정치인으로 언제 다시 한국에 돌아올지 모르는 도피성 유학길에 올랐었다.

하지만 며칠이 지나면 국회의원 배지를 달고서 당당히 국회에 입성할 수 있었다.

여기에 자신에게 줄을 서려는 민한당 의원들과 기업인들이 줄을 이었다.

앞선 언론들은 이번 보궐선거 이후 한종태가 다시금 대선에 출마한다면 이길 공산이 크다는 논조로 글을 썼다.

여당에는 한종태에 맞설 만한 인물이 없다는 뜻이었다.

"오늘 자 주선일보를 보셨습니까? '압도적인 승리 예상! 차기대선도 승산 있다'라는 제목이 가슴을 뭉클하게 만들었습니다."

김형영 회장이 가져온 신문을 펼치며 말했다.

아직 보궐선거도 치르지 않았는데도 주선일보는 선거가 이미 끝났다는 식으로 보도했다.

"역시! 주선일보는 시대를 앞서갑니다."

이대수 회장은 고개를 끄덕이며 말했다.

"요즘 닉스홀딩스와 주선일보가 싸운다는 소리가 있던데, 사실입니까?"

최용호 회장이 이대수 회장을 보며 물었다.

재작년부터 대산그룹과 주선일보는 눈에 보일 정도로 친밀한 행보를 보였다.

"저도 닉스홀딩스와 주선일보의 관계가 좋지 않다고 들었습니다."

한종태도 관심 있는 표정이었다.

자신을 노골적으로 밀어주는 주선일보와 관계된 일이었다.

"주선일보가 보도한 기사 내용 때문에 닉스홀딩스가 소송을 진행한 것으로 알고 있습니다. 제가 닉스홀딩스의 강 회장과 주선일보의 화해를 위해서 박정호 대표와 서주원 주필의 만남을 주선했지만, 결과가 좋지 않았던 것 같습니다."

"주선일보와 갈등을 벌이는 것이 좋지 않을 텐데요. 강 회장이 상황을 좀 오판하는 것 같습니다."

대상그룹 김형영 회장의 말이었다.

"제가 볼 때는 닉스홀딩스가 그리 밀리지도 않을 것 같습니다. 이번에 인수한 SCS방송과 미래경제신문에 그룹 차원에서 상당한 투자를 하는 것 같습니다. SCS방송과 미래경제신문를 통해서 주선일보에 날카로운 비판을 가하고 있으니까요."

선진그룹 최용호 회장이 다른 의견을 내어놓았다.

"흠, 닉스홀딩스에 너무 많은 힘이 실리는 것 같습니다. 이러다가는 누구도 견제할 수 없는 기업이 됩니다."

최용호 회장의 말에 한종태가 우려 섞인 말을 내뱉었다.

만약 자신이 한국에 있었으면 절대로 닉스홀딩스가 방송사와 신문사를 소유하지 못하게 했을 것이다.

닉스홀딩스의 강태수 회장과는 그다지 좋은 관계를 맺지 못했기 때문이다.

지난 대선 때에도 강태수 회장에게 총리직 임명이라는 파격적인 제안을 했지만 거절당했었다.

"정부가 경제 회복을 내세우며 닉스홀딩스를 노골적으로 밀어주는 것도 문제입니다. 신의주특별행정구에서 생산되는 제품에 대한 수입 간소화와 파격적인 세제 혜택까지 주고 있습니다."

이대수 회장이 불만 섞인 목소리로 말했다.

신의주특별행정구에서 생산되는 제품 대다수가 중국과 동

남아를 비롯한 세계 여러 나라로 수출되고 있었다.

한국으로 들어오는 제품은 그중에 일부분뿐이었다.

더구나 대산그룹은 신의주특별행정구 개발 당시 진출을 제안받았지만, 중국을 선택했다.

"제가 국회를 들어가면 이 문제를 공식적으로 제기하겠습니다. 이 나라가 올바르게 나아가기 위해서는 닉스홀딩스가 아닌 여기 계신 회장님들의 기업이 혜택을 받아야 합니다. 제가 반드시 이러한 불공정한 일들을 바로잡겠습니다."

한종태의 말에 세 사람은 찬동한다는 듯이 고개를 끄덕였다.

누구보다 친기업 정서를 가지고 있는 한종태가 대통령이 되면 자신들의 그룹에 얼마나 큰 도움이 될지 잘 알고 있었기 때문이다.

Chapter 8

　보궐선거가 전국 네 곳에서 치러졌다.

　선거는 예상대로 흘러가는 듯했지만, 경북 예천에서 의외의
결과가 나왔다.

　여당과 야당의 인물이 아닌 무소속의 영농 후계자 출신의
인물이 근소한 차이로 당선된 것이다.

　출구 조사 때는 민한당의 후보가 당선될 것이라고 예상했
었다.

　나머지 선거구는 예상대로 부산 서구에는 민주한국당의 한
종태가 당선되었다.

전라남도 순천은 여당의 인물이, 경상북도 의성은 민한당이 가져갔다.

야당인 민한당이 순천을 뺀 세 개의 선거구에서 모두 승리할 것이라는 예상은 예천에서 빗나갔다.

"최인혁 후보가 승리했습니다."

김동진 비서실장이 밝은 표정으로 보고했다.

경북 예천의 후보로 출마한 최인혁은 닉스홀딩스에서 비밀리에 지원한 인물이다.

최인혁은 현 국회의원인 장인모 충남대 교수의 제자이기도 했다.

"하하하! 아주 좋은 소식입니다. 표 차가 많이 나지 않았다면서요?"

한국 정치도 새로운 변화와 인물이 필요한 시점이었다.

밀실에서 진행되는 공천권을 받기 위해서 핵심 인사에게 줄을 서려는 파벌 정치의 패거리 정치는 문을 닫아야만 했다.

자신을 뽑아준 국민에게 충성해야 하는 것이 아닌 계파에 속한 보스에게 충성하는 것이 현 국회의원들이었다.

"예, 3백 표 이내에서 승부가 갈렸습니다. 솔직히 조금 어렵다고 생각했는데, 예천군민의 정치의식이 높았습니다."

민한당에서 내세운 예천군 후보는 한종태가 추천한 인물이었다.

자신의 선거구인 부산 서구의 선거 활동 중에도 예천을 방문해 지지를 호소할 정도로 애정을 쏟았다.

하지만 선거 이전부터 군민들을 찾아다니며 봉사 활동과 함께 홀로 사는 노인을 꾸준히 돕던 최인혁 후보에게 밀리고 말았다.

"맞습니다. 최인혁 씨의 진심과 인물 됨을 알아본 결과이지요. 이제 우리를 함께하는 의원도 15명이 되었군요."

"예, 시간이 조금만 더 지나면 20명 이상이 될 수 있습니다."

뜻을 함께하는 국회의원을 20명으로 삼았지만, 닉스홀딩스에서 우호적인 국회의원은 50명이 넘어섰다.

대한민국 제일의 기업으로 올라선 순간부터 닉스홀딩스의 눈치를 보는 국원의원들이 점점 늘어난 것이다.

"다음 국회의원 선거를 치르고 나면 가능할 것입니다. 이 나라는 경제만 바뀌어서는 안 됩니다. 경제는 일류가 되어도 정치가 삼류이면 경제는 다시 원래대로 회귀할 것입니다. 국민이 원하는 것은 올바른 의식 갖춘 인물들이 깨끗한 정치를 하는 것입니다. 모두에게 깨끗한 모습을 요구하지는 못하더라도 깨끗한 척은 하게 만들 수 있어야 합니다."

밀실 정치와 돈에 의한 정치는 곧 부패와 비리를 유발한다.

돈이 들어간 만큼 더한 이권과 보상을 받길 원하기 때문이다.

"지당하신 말씀입니다. 국민을 대변하는 국회의원이 제정신을 차린다면 이 나라는 확연히 달라질 것입니다."

김동진 비서실장은 고개를 끄떡이며 말했다.

"기업인이 경영 활동에만 매진할 수 있는 환경을 만들어야지요. 지금처럼 정치 논리로 경제를 움직이려고 한다면 또다시 외환 위기를 불러올 수 있습니다."

한국의 경제는 정치에 의해서 많은 것이 달라져 왔다. 정치권의 실세에게 줄을 선 기업에 부당한 대출과 특혜를 부여했고, 그에 따른 이익이 다시금 정치권으로 흘러들어 갔다.

기업 활동에서 얻어지는 이익들이 협력 업체와 직원들에게 분배되는 것이 아닌 기업의 사주와 몇몇 특정인들에게 지금처럼 몰린다면 이 나라의 빈부 격차는 영원히 개선되지 않을 것이다.

"회장님께서 해내실 것입니다."

김동진 비서실장의 말처럼 반드시 해내야 할 일입니다. 그래야만 이 나라가 북녘 땅과 하나가 될 수 있을 뿐만 아니라 더 나아가 만주를 손에 넣을 수 있다.

기회란 준비를 갖춘 자에게 하늘이 주는 선물이다.

*　　　　*　　　　*

일본의 엔화 급등으로 인한 여파로 한국의 주력 제품들의 수출이 급격히 늘어났다.

엔화의 이상 급등으로 인해 일본 은행은 수백억 달러를 날렸고, 일본 기업들 또한 수출 감소로 인해서 3백~4백억 달러의 손실이 발생했다.

이러한 여파는 수출 기업들에 큰 피해를 주었고, 일본 경기를 부양하려던 오부치 게이조 총리와 자민당이 타격을 받았다.

1985년 플라자합의 이후 거품경제가 꺼지면서 부동산 침체와 극심한 장기 침체에 들어간 일본은 연이은 환율 정책 실패와 외환시장의 교란으로 인해서 경제가 더욱 후퇴하는 기조를 보였다.

내수가 부진한 상황에서 수출까지 힘들어지자 일본의 유망한 기업들이 불황을 견디지 못하고 M&A 시장에 하나둘 나오기 시작했다.

블루오션 반도체는 NS코리아의 도움을 받아 도쿄일렉트론(TEL)을 인수하는 데 성공했다.

반도체 장비 업계 특성상 반도체 업체들의 투자가 얼마나 이루어지는가에 따라서 매출과 이익이 크게 달라진다.

아시아 경제위기와 함께 일본 반도체 업체들의 투자 감소와 쇠퇴가 TEL의 매출을 하락시켰다.

여기에 세계 최고 메모리 반도체와 통신용 칩을 생산하는 블루오션반도체가 엔화 강세로 인해 반도체 장비 구매를 AMAT(어플라이드머터리얼스)와 램리서치로 변경하자 TEL은 결정적인 타격을 입었다.

도교일렉트론은 일본의 반도체 호황기에 발생하던 엄청난 장비 수요를 발판으로 성장한 회사로 1980년대 후반에는 세계 반도체 장비 점유율 1위를 하기도 했다.

TEL은 감광액 도포, 식각, 증착, 세정, 패키징 등 다양한 반도체 장비를 만들어낸다.

특히 감광액 도포(Photoresist Processing) 장비 부문에 있어 글로벌 시장 점유율이 90%에 달하는 독점적 지위를 갖추었다.

"TEL의 인수로 반도체 시장에서 의미 있는 세 번째 발걸음을 내디뎠습니다. 향후 반도체 시장의 통합과 독점적이 지위 확보에 한 걸음 더 내밀 수 있게 되었습니다."

삼성전자의 반도체 분야와 퀄컴의 인수 이후 반도체 장비 분야에 있어 세계적인 기업인 TEL을 사들인 것이다.

반도체 장비는 용도에 따라 전공정 장비와 조리, 성능 검사, 칩 제조 공정을 돕는 지원 장비인 후공정 장비로 나눈다.

현재 한국에서 생산되는 장비는 대부분 후공정 장비에 집중되어 있었고, 고도의 기술을 요구하는 전공정 장비는 거의 전량을 수입에 의존했었다.

블루오션과 블루오션반도체의 행보는 국내 업체들은 꿈에도 생각지 못한 행보였다.

"정말이지 회장님의 생각은 도저히 따라갈 수 없는 것 같습니다. 반도체 장비 시장까지 블루오션반도체가 참여하게 될 줄은 생각지 못했습니다."

블루오션반도체의 최영필 대표이사의 말이었다.

메모리 반도체의 치킨 게임이 한창 벌어지고 있는 상황에서 닉스홀딩스의 도쿄일렉트론(TEL) 인수는 누구도 예상치 못한 일이었다.

반도체 업체가 장비 업체를 인수한다는 것은 사실 위험 요소가 적지 않았다.

"회장님의 마법은 여기서 멈추지 않을 거예요. 조만간 램리서치 쪽에서도 좋은 소식이 전해질 것입니다."

자리에 함께 NS코리아 대표인 루이스 정의 말이었다. 닉스홀딩스와 룩오일NY의 기업 인수·합병에는 NS코리아가 전적으로 맡고 있었다.

NS코리아는 두 그룹의 외에는 다른 기업들의 M&A에 있어서도 좋은 성과를 내고 있었다.

"두 기업의 매출과 점유율이 줄어드는 상황이라 반독점법에서 벗어날 수 있는 것도 우리에게는 행운입니다."

아시아에서 시작되어 러시아와 미국을 강타했던 금융 혼란의 여파로 인해 반독점법을 강하게 시행하지 않았다.

미국은 기업들이 기업 인수 및 합병(M&A) 등 독점을 강화하는 행위와 담합이나 제휴 등을 통해 해당 시장에서 사실상 독점적 지위를 행사하거나 경쟁을 저하하는 경우 반독점법을 적용하여 엄격히 규제하고 있다.

"램리서치까지 인수한다면 단숨에 반도체 제조 장비 시장에서 독보적인 위치에 올라설 수 있습니다."

블루오션의 최우식 대표가 흥분한 표정으로 말했다.

램리서치와 TEL은 세계 반도체 제조 장비 업체 중 매출은 3~4위를 차지하고 있으면 점유율도 비슷하다.

두 회사가 인수되어 합병된다면 반도체 장비 점유율이 38%로 단숨에 1위가 된다.

블루오션은 퀄컴을 인수했고 통신용 반도체를 블루오션반도체에서 위탁 생산하여 국내외에 공급하고 있었다.

퀄컴과 반반씩 자본을 투자하여 만든 신의주 반도체 공장은 블루오션반도체에 매각했다.

"반도체와 그와 연관된 업체들은 꾸준히 인수할 예정입니다. 단일 품목 수출로는 1위를 달리고 있지만, 핵심 기술과 장비를 수입해 제품을 만들고 있다는 것이 맹점입니다."

메모리 반도체 분야에서는 세계시장을 휩쓸고 있었지만, 비메모리 분야와 생산 장비 분야에서는 기술력 부족으로 대부분 수입에 의존하고 있는 것이 문제였다.

"회장님의 말씀처럼 세계 반도체 시장에서 메모리와 비메모리의 비중은 18 대 82이지만 국내 생산 비율을 77 대 23으로 메모리가 월등합니다. 메모리 분야에서 세계시장 점유율은······."

블루오션반도체와 현대전자의 D램 반도체 점유율은 42%로 세계 1위지만 비메모리 분야는 3.8%에 불과하다.

더구나 블루오션퀄컴의 통신용 반도체와 주문형 반도체(ASIC) 생산을 빼면 1.7%로 현격히 떨어진다.

여기에 제조 설비에서도 반도체 제조 장비의 국산화율은 15%이며 재료의 국산화율은 48%에 머무는 실정이다.

반도체 강국을 내세우고 있지만, 실속은 다른 곳에서 가져가는 형국이었다.

"모든 것을 우리가 다 해낼 수는 없지만 죽 쑤어서 개 좋은 일 할 필요는 없습니다. 닉스홀딩스는 물론이고 블루오션반도체 또한 반도체 제조 장비 개발과 소재 연구에 더 큰 투자를 할 수 있도록 하십시오. 그리고 올해 블루오션반도체의 연구 개발비가 7억 달러였나요?"

"예, 7천6백억을 책정했습니다."

최영필 대표가 대답했다.

IMF 관리 체제 아래에서 7억 달러의 연구 개발비는 경쟁 업체에 비해서도 월등한 금액이었다.

올해 블루오션반도체는 연구 개발비와는 별도로 19억 달러가 투자되어 128MD램, 256MD램, 램버스램 등 차세대 반도체를 중점적으로 생산하게 될 10라인 생산 기지가 신의주특별행정구에 새롭게 건설된다.

내년에는 26억 달러를 투자하여 세계 최초로 12인치 웨이퍼 가공 설비를 갖추게 될 것이다.

이곳에서는 향후 256MD램, 512MD램, 1GD램, DDR SD램이 생산될 예정이다.

"연구 개발에 필요한 연구 인력 확보에도 더 신경을 쓰십시오. 우린 경쟁 업체보다 한 발이 아닌 두세 발을 앞서가야 합니다. 닉스홀딩스에서 어느 정도 블루오션반도체에 지원할 수 있습니까?"

"예, 닉스홀딩스의 전반기 운영자금 중 5천억 정도는 블루오션반도체에 우선하여 지원할 수 있습니다."

닉스홀딩스 자체의 현금 동원 능력은 외부에 알려진 것보다 열 배 이상의 자금을 갖추고 있었다.

"좋습니다. 5천억 원은 블루오션반도체의 비밀 병기라고 생각하시고 활용하십시오. 전 세계에서 있는 뛰어난 인재들을 블루오션반도체로 데리고 오십시오. 협력 업체들의 기술 개발에도 적극적으로 지원하여 블루오션반도체가 필요로 하는 것들을 갖추도록 하십시오."

"감사합니다. 회장님이 말씀하신 것들을 꼭 이루도록 하겠습니다."

최영필 블루오션반도체 대표이사는 고개를 숙여 고마움을 표했다.

기업 운영에 있어 자금 지원은 무엇보다도 강력한 무기였다. 경쟁 업체들과 치킨 게임을 진행하는 블루오션반도체로서는 말이다.

*   *   *

보궐선거가 끝난 민주한국당이 있는 여의도 당사는 웃음소리보다는 심각한 표정을 짓고 있는 사람들이 많았다.

민한당은 당연히 국회의원 3석을 확보할 것이라 확신했었고, TV 방송 3사의 출구 조사 때에도 승리로 나왔기 때문이다.

더구나 경북 지역은 민한당의 텃밭과도 같은 곳이라 웬만한 사건이 벌어지지 않는 한 승리는 당연한 것으로 여겨졌다.

하지만 민한당에 당당한 모습으로 돌아온 한종태가 내세운 박성용 후보가 무소속 최인혁 후보에게 간발의 차이로 패한 것이다.

안성훈 원내대표가 내세웠던 후보를 탈락시키고 박성용 후보로 교체한 상황이었기에 민한당 내에 적잖은 후폭풍이 몰아닥칠 기세였다.

"이번 보궐선거는 민한당의 패배나 마찬가지입니다. 정부의 경제 정책과 개혁이 올바르지 못하다는 것을 인식시키는 데 실패한 것입니다."

안성훈 원내대표 측에 속한 신중대 의원의 말이었다.

"맞습니다. 이번 보궐선거는 1년 앞으로 다가온 총선의 시험 무대나 마찬가지였습니다. 그만큼 중요한 선거였음에도 불구하고 앞마당 같은 예천에서 패배했다는 것은 우려를 금할 수 없습니다."

신중대 의원과 같은 비주류에 속한 김범수 의원이 발언했다.

그 또한 보궐선거에 대한 불만을 이야기했다.

"어떻게 패배로 볼 수 있나요? 우리가 여당에 패한 것이 아니지 않습니까? 2석은 확보했고, 당선된 최인혁 의원을 우리

쪽으로 끌어들이면 되는 일이지 않습니까. 어렵게 생각하면 한없이 어려워요."

부산 서구에서 당선된 한종태 의원 쪽 계파에 속한 김의재 의원이 별일 아니라는 듯이 목소리를 높였다.

"선거 참여율이 떨어진 상황에서 나온 예상 밖의 결과일 뿐입니다. 예천의 선거가 그만큼 흥미를 끌지 못할 정도로 박성용 후보가 압도적이었습니다. 하필 선거 날 비가 오는 바람에 박성용 후보를 지지하는 분들이 투표장에 나오지 못했던 것뿐입니다. 그분들이 다 이겼다고 생각했던 거지요."

정수찬 의원이 김의재 의원을 편들었다.

그 또한 한종태 의원 쪽 사람이었다.

"당선될 것 같아서 투표하지 않았다는 말이 무슨 궤변입니까? 말 같지도 않은 소리를 듣자고, 아까운 시간을 내서 이 자리에 모인 것이 아닙니다. 선거 결과를 놓고서 이야기를 하셔야지요."

신중대 의원이 다시금 목에 핏대를 세우며 말했다.

한종태 의원 측은 선거의 패배를 전혀 인정하지 않았다.

"궤변이라니? 어디서 그따위로 말을 해!"

김의재 의원이 기다렸다는 듯이 신중대 의원을 향해 삿대질하며 소리쳤다.

회의에 참석한 안성훈 원내대표와 한종태의 최측근인 정삼재 의원은 팔짱을 낀 채로 회의를 지켜보고 있었다.

민한당은 당내 주류인 한종태 의원 측과 비주류인 안성훈 원내대표 측의 기 싸움이 한창이었다.

1년 앞으로 다가온 총선에서 민한당의 주류와 비주류에서 내세울 후보자들을 입맛대로 결정하기 위해서도 당내 우위를 점해야만 했다.

Chapter 9

“진작에 안성훈을 내쳤어야 했는데 말입니다.”

“당이 힘차게 나아갈 수 있는 분위기에 찬물을 끼얹는 행동이나 하고 말입니다.”

“자기가 뭔데 당대표에 도전합니까? 자격도 없는 사람입니다.”

한종태 의원의 당선 축하연은 참석한 민한당 의원들에 의해 안성훈 원내대표에 대한 성토장이 되었다.

한종태가 돌아오자 공석인 민주한국당 대표 자리를 빨리 선출하자는 의견이 나왔다.

그러자 안성훈 원내대표가 기다렸다는 듯이 당대표 후보로 나서겠다고 공식적으로 선언했다.

한종태의 국회의원 당선과 함께 당대표 선출로 곧장 이어지는 구상을 했던 한종태의 측근들은 불만이 가득했다.

"당을 수습하는 상황에서 너무 오냐오냐했습니다. 지금의 자리를 누가 만들어주었는데."

"그만합시다. 이번 예천 선거에서만 이겼으면 끝날 일이었습니다."

정삼재 의원의 말에 한종태가 샴페인 잔을 내려놓으며 말했다.

"당대표에 도전한다는 말이 너무 가당치 않아서 하는 말입니다. 지금의 민한당을 만든 것이 누구인지를 망각한 것입니다."

한종태의 말에도 정삼재 의원은 흥분을 감추지 못했다.

정의민주당을 나와 자신을 따르는 의원들과 함께 민주한국당을 창당한 사람이 한종태였기 때문이다.

"두 명의 후보가 나서야 민주주의가 아닙니까? 안성훈 의원이 나와봤자 들러리에 불과하니, 그리 나쁜 것도 아닙니다."

한종태의 말은 부드러웠지만, 그의 눈빛은 그렇지 못했다.

향후 대권 도전에 있어 민한당은 전적으로 하나가 되어 자신을 밀어주는 모습을 대중에게 보여주어야만 했다.

자칫 민한당 내의 반발과 분열의 모습은 한종태가 당권조차 제대로 장악하지 못하는 모습으로 비칠 수 있었다.

"그래도 안성훈이 저렇게 나오는 것이 조금은 이상합니다. 돈줄을 우리가 다 쥐고 있는데 말입니다."

최측근 중 하나인 이영준 의원이 자기 생각을 말했다.

"그렇게 말입니다. 내년 선거도 생각하려면 저리 강하게 나설 수가 없을 텐데요."

양정철 의원이 말을 받았다.

그 또한 한종태가 죽으라면 죽는시늉까지 할 수 있는 인물이다.

지금의 선거는 돈의 선거였다.

인물도 중요하고, 소속된 정당도 중요했지만, 가장 중요한 돈이 동반되지 못하면 선거에서 지는 경우가 허다했다.

"안성훈에게 돈을 대주는 전주라도 나타났다는 말씀입니까?"

한종태가 정삼재를 바라보며 물었다.

한종태가 이끄는 계파의 돈 관리를 정삼재 의원이 하고 있었다.

"안성훈이가 할 수 있는 일이 별로 없습니다. 그를 따르는 의원들도 빠듯하게 생활하고 있어, 우리의 눈치를 살피는 상황입니다."

정삼재는 그럴 일이 없다는 듯이 말했다.

"흠, 안성훈 의원이 안하무인(眼下無人)으로 행동할 정도는 아니었는데 말입니다."

3선의 안성훈 원내대표는 말이 통하는 인물로서 한종태가 영국으로 유학을 떠나 있을 동안 민한당에 얼굴마담 역할을 잘해냈다.

그러나 한종태가 보궐선거 승리로 당당하게 민한당으로 돌아온 지금, 안성훈 원내대표가 얼굴마담 역할이 아닌 당대표로 나서겠다고 나온 것이다.

"여우가 잠시 산중의 왕 노릇을 하다 보니, 지가 진짜 왕인 줄 착각하는 것 같습니다. 안성훈도 문제지만, 그 옆에서 거들고 있는 놈들도 생각이 없는 무뇌아들입니다."

"하하하! 맞습니다. 혼자서는 아무것도 못 하는 바보들이죠."

"하하하! 속 시원하게 말씀하셨습니다."

양정철 의원의 말에 주변에 있던 인물들이 크게 웃으며 호응했다.

그때였다.

"말이 좀 지나치신 것 같습니다. 같은 동료 의원들을 그런 식으로 표현하시다니요."

초선으로 민한당에 젊은 피로 통하는 박동석 의원이 말했다.

구시대의 인물들만으로는 선거에 이길 수 없는 시대로 변하고 있었다.

인권 변호사 출신의 박동석은 35살의 젊은 나이로, 전략적으로 민한당이 끌어들였다.

그는 민한당의 비주류에 속해 있었지만, 중도적인 입장을 취했다.

"하하! 박동석 의원의 말이 맞습니다. 민한당의 동료 의원을 그런 식으로 깎아내리면 안 되는 일이지요. 자! 이제부터 당을 위한 건설적인 이야기를 합시다."

한종태의 입가에는 웃음이 서려 있었지만, 박동석을 바라보는 눈빛은 그렇지 못했다.

*   *   *

주선일보는 계속해서 닉스홀딩스에 화해를 청하는 의사를 전달했다.

주선일보에 실린 논설과 기사 내용도 닉스홀딩스에 우호적인 기사들뿐이었다.

하지만 닉스홀딩스는 국내와 함께 미국에서도 1억2천만 달러를 요구하는 거액의 손해배상 소송을 제기했다.

미국 재판에 대응하기 위한 변호사 비용도 만만치 않게 들어가는 소송이었다.

"제 말대로 하자고 했잖습니까? 이 새끼들은 진심 어린 사과를 받아들이지 못하는 놈들이에요."

박정호 대표가 이 소식을 전해 듣자마자 불같이 화를 냈다.

지금까지 누구에게도 고개를 숙이지 않았던 박정호로서는 닉스홀딩스의 강태수 회장에게 무시당한 일을 크나큰 치욕으로 생각하고 있었다.

"그렇게 했더라도 결과는 달라지지 않았을 것입니다. 오히려 더 좋지 않은 쪽으로 흘러갈 뿐입니다. 지금 닉스홀딩스는 상승하는 기운입니다. 이런 기운에 맞서는 것은 좋지 않습니다."

서주원 주필은 박정호처럼 흥분하지 않은 침착한 말투였다.

"이런 식으로 나가면 다른 놈들도 우리를 만만하게 여깁니다. 주선일보가 어떻게 이 자리까지 왔는데요."

"김대중 정부도 닉스홀딩스에 무척 우호적인 분위기입니다. 우리가 맞서는 모습을 보여주는 것은 시기적으로도 적절치 않습니다. 더구나 강태수 회장도 우릴 공격할 무기를 손에 넣었습니다."

"그럼, 계속 당하고 있어야만 합니까?"

"지금은 참고 기다려야 합니다. 한종태가 대통령에 올라서면 놈들에게 받은 고통을 돌려줄 수 있으니까요."

"어떻게 말입니까? 말씀하신 대로 놈에게 SCS방송과 미래경제가 있지 않습니까."

답답한 표정의 박정호는 의자에서 일어나며 말했다.

"대기업이 언론을 소유하게 되면 얼마나 왜곡되고 편향된 시각을 갖게 되는지를 대중에게 심어주면 됩니다. 닉스홀딩스가 SCS방송을 인수한 방법을 우리 쪽에서 불법적이었다고 몰아가면 되는 것입니다."

"SCS방송을 닉스홀딩스에서 떼어놓겠다는 말씀이십니까?"

"예, 꼭 그렇게 만들어야지요. 그 일을 성사시키려면 무슨 일이 있든지 간에 한종태가 대통령이 되어야만 합니다. 우리가 판을 만들어놓으면 한종태가 마지못해 떠밀리듯이 국민의 뜻을 따르도록 말입니다. 모든 일을 대중들이 한 것처럼 보이면 뒤끝이 없지요."

"주선일보가 곧 국민의 뜻이라는 말씀이시지요?"

신경질적으로 큰 소리를 내던 박정호 대표의 목소리가 정상으로 돌아왔다.

"그렇지요. 생각이 없고 미래를 보지 못하는 어리석은 대중들을 길들이기는 아주 쉬우니까요. 그럴싸한 먹잇감을 우둔한 대중에게 던져주면 득달같이 달려들어 물어뜯습니다. 우린 어두운 길을 비추고 나아가는 한종태 대통령의 앞을 막아서는 강태수 모습을 똑똑히 보여주기만 하면 됩니다. 그게 이 나라의 역사와 권력의 행방을 좌우해 온 주선일보의 힘입니다."

서주원 주필이 자신의 구상을 박정호 대표에게 들려주었다.

이것은 곧 정보를 왜곡시켜 진실인 것처럼 대중을 현혹해 온 주선일보의 전략이었다.

"하하하! 역시 서 주필님이 가지고 계신 생각과 뜻을 따를 수가 없습니다. 돌아가신 아버님이 무슨 일이 있든지 서 주필님의 말에 항상 경청하고 따르라 하신 말씀이 새삼 와닿습니다."

"지금 우리의 상황이 힘든 것은 사실입니다. 하지만 우리도 강태수 회장과 이 정부를 공격할 수 있는 마지막 카드를 쥐고 있습니다."

서주원 주필의 마지막 말은 의미심장하게 다가왔다.

서주원이 말한 마지막 카드는 박정호 대표도 알지 못하는 것이었다.

"저는 주필님만 믿고 있습니다."

"평소대로 대표답게 의연한 모습을 직원들에게 보여주십시오. 회사의 대표가 흔들리면 주선일보의 날카로운 창들도 무뎌지는 것입니다. 인내하고 견뎌내면 좋은 시절은 다시 찾아올 것입니다."

"예, 말씀하신 대로 인내하겠습니다."

박정호는 서주원 주필의 말에 고개를 끄덕이며 대답했다.

주선일보와 박정호 대표에게 있어서도 서주원의 말은 늘 옳았기 때문이다.

* * *

나눔기술이 코스닥에 상장된 이후 이중호는 더 바빠졌다.

이전과 달리 나눔기술에 투자하겠다는 기업들이 늘어났고, 그중에는 대산그룹도 포함되어 있었다.

이중호는 나눔기술에 투자할 당시 맨땅에 헤딩하다시피 하며 모든 것을 하나부터 열까지 새로 시작했다.

자신이 가진 전부를 걸고 시작한 길이 맞는 길인가 하는 의구심이 들 정도로 새롭게 시작한 사업은 쉽지 않았다. 하지만 이젠 국내외로 화제를 일으키고 있는 새롬기술의 무료 인터넷 전화가 본궤도에 올라설 일만 남았다.

올해가 그 시발점이자 성공으로 가는 첫해였다.

"잘 지냈어?"

아버지인 한종태와 함께 한국에 들어온 한수연이 이중호를 만났다.

한수연은 영국 옥스퍼드대학에서 계속 공부 중이었다.

"어, 사업 때문에 정신없이 지냈지."

"새로운 사업은 잘되나 봐?"

"계획한 대로는 진행되고 있어. 공부는 잘되고?"

오랜만에 보는 한수연이 왠지 낯설게 느껴졌다.

대산그룹에 근무하던 시절 에너지 사업이 엎어지자 한수연과의 관계도 서먹해졌다.

결정적으로 한종태가 대선에 실패하고 영국으로 유학길에 올라서면서 자연스럽게 한수연과 헤어졌다.

"처음에는 뭐라도 해야 한다는 생각에서 시작했는데, 지금은 재미가 있네. 오빠도 전보다는 여유가 있어 보이는데?"

한수연은 서울대 경영학과를 졸업하고 옥스퍼드대에서 마케팅을 공부하고 있었다.

긴 생머리에 살짝 갈색으로 염색한 한수연의 모습은 여전히 매력적으로 보였다.

이제는 한층 성숙한 여인의 향기가 물씬 풍겨왔다.

"실패는 성공의 어머니라고 하잖아. 크게 한 번 말아먹다 보니까, 조금은 눈에 보이는 게 생기더라."

"오빠가 이런 말을 할 줄 몰랐네. 정말 많이 달라진 것 같아."

대산그룹의 후계자인 이중호는 남들과 다르다는 귀족 의식과 함께 자존심이 무척 강했다.

자기 뜻대로 일이 풀리지 않거나, 진행되지 않는 상황에 놓이면 용납하지 못하는 성격 때문에 주변 사람들이 무척 힘들어했다.

"좋은 쪽으로?"

"응! 여유가 있어 보여서 좋은데."

"진작에 이런 모습을 보였으면 우린 헤어지지 않았겠지?"

아쉬움이 묻어 나오는 말투였다.

실패를 경험해 보지 못한 이중호는 한수연에게 그런 모습을 보여준다는 것을 자존심이 허락지 않았었다.

"어쩌면 그럴지도. 하지만 이렇게 선후배로 보는 것도 좋은데. 요즘도 청운회 멤버들을 만나?"

"아니, 치기 어린 시절의 이야기들이지. 몇 명은 가끔 연락을 주고받았지만, 상황이 많이들 달라졌잖아."

외환 위기에 따른 IMF 관리 체제 아래에서 청운회 멤버들의 상황도 급속히 달라졌다.

멤버의 절반 이상이 집안이 망하거나 연락이 끊겼다.

그중 몇몇은 자신의 상황을 비관해 목숨을 끊은 인물도 있었다.

"하긴 그때와는 지금의 상황이 다르지. 혹시, 태수하고는 만나?"

"후후! 강태수는 내가 만날 위치가 아니야. 대한민국에서 제일 바쁘고 잘나가는 기업인이거든."

말을 하는 이중호의 표정이 왠지 씁쓸해 보였다.

"닉스홀딩스 회장이라는 소리는 들었어."

"닉스홀딩스는 국내 최고의 기업이지. 재계 순위 3위에 올라섰지만, 사실상 1위 기업이야. 전체 그룹의 매출도 삼성이나 현대가 따라갈 수 없을 정도니까."

"와! 그 정도야?"

"어쩌면 빙산처럼 보이는 것보다 알려지지 않은 부분이 더 큰 그룹일지도 모르니까."

이번 연도 들어서 닉스홀딩스는 SCS방송과 미래경제신문을 계열사로 편입했다.

다른 그룹들은 살아남기 위해 기업을 팔거나, 부채 비율 200%를 떨어뜨리기 위해 계열사 간의 무리한 합병을 진행 중이었지만, 닉스홀딩스는 국내는 물론 해외의 유망 기업들을 계속해서 인수·합병했다.

이러한 해외 기업들 때문에 닉스홀딩스의 실질적인 규모와 매출이 노출되지 않았다.

"영국에서 지낼 때 닉스가 소유한 맨체스터 경기를 가끔 보러 갔었거든. 닉스도 닉스홀딩스의 계열사잖아?"

"맞아. 전 세계에서 가장 인기 있고 잘 팔리는 운동화를 가지고 있으니까. 미국의 NBA 농구팀인 뉴욕 닉스도 닉스의 소유잖아."

이중호는 닉스에 대해 잘 알고 있었다.

"닉스가 펼치는 스포츠 마케팅도 대단한 것 같아. 유럽의 어딜 가든지 닉스의 광고를 접할 수 있었어. TV를 켜놓으면 하루에 네다섯 번은 닉스 브랜드를 접했으니까."

닉스는 영국의 프리미엄에 이어서 스페인의 라리가와 이탈리아의 세리에 A에 진출하여 적극적인 홍보와 함께 광고 계약을 맺은 팀을 후원했다.

독일의 분데스리가는 올해 바이에른 뮌헨과 4년간 1천2백만 달러의 지원 계약을 맺었다.

"그 누구도 생각지 못한 놀라운 일이지. 더구나 닉스홀딩스에는 닉스 같은 회사들이 즐비하니까. 이젠 어떻게 그런 일을 강태수가 해낼 수 있었을까 하는 생각조차 하지 않아."

"왜 생각조차 하지 않아?"

당연하다는 듯이 말하는 이중호의 말에 한수연은 궁금한 표정으로 물었다.

"태수는 인간이 아니야. 인간은 그런 능력이 없거든."

이중호의 입에서 전혀 생각지도 못한 대답이 튀어나왔다.

"인간이 아니면 다른 별에서 온 외계인이야?"

"글쎄, 차라리 외계인이라면 조금은 이해라도 하겠지. 닉스 홀딩스가 벌인 사업들을 살펴보면 처음에는 무모하다고 생각되는 것이 대부분인데, 어느 시점이 되면 무릎을 '탁' 하고 칠 정도로 놀라운 사업으로 변해 있거든. 내로라하는 경영학 교수들도 강태수의 사업 수완에 대해 제대로 설명을 하지 못하니까."

"오빠의 말을 들으니까, 왠지 태수가 괴물처럼 느껴진다."

"하하하! 괴물이지. 이야기 속 쇠를 먹는 불가사리처럼, 얼마나 더 커질지 모르는 괴물처럼 말이야."

이중호는 자신의 강태수에게 느끼는 감정을 솔직히 토해냈다.

이제 본 궤도에 올라서고 있는 나눔기술이 강태수의 닉스홀딩스를 따라가려면 1백 년의 세월이 지나도 힘들 것이라는 생각과 함께 말이다.

Chapter 10

홍콩에는 MI6 해외 공작 극동통제단이 있었다.

영국은 아편전쟁 이후 홍콩을 155년 동안 식민 지배했고, 1997년 7월 1일 주권을 중국 정부에 이양했다.

영국이 홍콩을 155년을 지배하는 동안 MI6도 홍콩에 깊숙이 뿌리내렸다.

MI6의 극동통제단은 동남아시아와 동북아시아에서 벌어지는 정보전에 구심점이자 핵심 기지였다.

"올리버의 위치는 파악되었나?"

영국 런던에 날아온 스미스 국장이 극동통제단을 맡고 있는 리들리 차장에게 물었다.

브라운 차장은 정보생산처를 이끄는 오스카 국장 소속이다.

"아직 파악되지 않았지만, 서울에는 없는 것 같습니다."

두 사람은 동북아시아 정밀 지도가 표시된 전면 화면을 보며 이야기를 나누었다.

영화관의 화면처럼 커다란 MI6의 지휘·통제 화면에는 중국과 남북한은 물론 일본에서 출발하는 비행기들이 표시되고 있었다.

그보다 작은 화면에는 위성에서 보내지는 영상과 정보가 표시되고 있었다.

극동통제단의 지휘통제센터에는 20명의 인물들이 자신들의 앞에 놓인 모니터를 보며 각 지역에서 보내온 정보를 분석했다.

"서울에 없다면 어디로 갔다는 거지?"

"표도르 강이 올리버를 안전하게 숨길 수 있는 장소는 모스크바와 신의주특별행정구입니다. 서울에서 SCS방송과 인터뷰를 한 다음 날부터 올리버의 행적이 사라졌습니다."

"러시아로 넘어갔다는 건가?"

"파악 중입니다. 문제는 SCS방송과 인터뷰를 했다는 카로의 테러범입니다. 카로의 닉스소빈병원을 습격했던 데스엔젤 중 살아남은 인물로 파악된 것은 저격수인 에디 스톤입니다."

MI6는 올리버를 제거하기 위해 닉스소빈병원을 습격했던 인물들의 명단을 확보했고, 그중 살아남은 인물로 외부에서 저격을 맡은 에디 스톤을 꼽았다.

SCS방송은 에디 스톤과의 인터뷰를 아직 방송에 내보내지 않았다.

에디 스톤의 몸 상태가 갑자기 나빠져 인터뷰 과정이 순조롭지 않았기 때문이다.

"에디 스톤은 어디에 있는 거지?"

"아직 서울에 있을 가능성이 큽니다."

"장담할 수 있어?"

"SCS방송 담당자에게 들은 바로는 그렇습니다. 에디 스톤을 찍으려 했던 카메라 기자가 우연히 들은 내용을 확보했습니다. 스톤이 투여한 AX—2의 후유증 때문에 치료가 필요하다는 소리를 들었다고 말했습니다."

전투 약물인 AX—2는 AX—1보다 부작용을 줄이기는 했지만, 신체 능력을 극대화시키는 과정에서 오는 과도한 신체 에너지 소비를 회복해야만 했다.

"흠, 의 후유증을 치료할 병원은 일반적인 병원으로는 안 되겠지."

"예, 그럴 만한 병원은 모스크바에 있는 소빈메디컬이 있지만 안정적이지 않은 몸 상태에서는 장거리를 이동할 수 없습니다. 그렇다면 서울에 있는 닉스종합병원이 가장 유력합니다. 카로에서 서울로 옮긴 것도 치료 목적 때문일 것입니다."

DR콩고와 신의주특별행정구에는 소빈메디컬과 닉스종합병원만 한 시설을 갖춘 병원은 없었다.

"그렇군. 닉스종합병원이 표도르 강이 소유한 병원인가?"

"예, 닉스홀딩스 계열사에 편입된 병원입니다."

"좋아, 어쩌면 생각보다 일이 잘 풀릴 수도 있겠어. 스톤을 제거하면 우리와 데스엔젤과의 관계가 외부로 드러나지 않아. 이미 데스엔젤의 나머지 인물들을 처리하기 위해 처리반이 잠비아로 떠났으니까."

스미스 국장은 이번 일을 정리해야지만 지금의 자리를 보전할 수 있었다.

"문제는 총기 소지가 어려운 한국에서 일 처리가 쉽지 않다는 것입니다."

"코드제로를 파견하면 되잖아."

코드제로는 MI6의 공식적인 암살자였다.

"코드제로는 치프(부장)의 허락이 필요합니다."

"홍콩에는 은퇴한 코드제로가 머무는 거로 아는데. 놈을 활용하면 문제가 되지 않잖아."

'작정하고 왔군.'

"조직을 떠난 인물입니다. 홍콩에 있는지도 확실치 않습니다."

"연락할 방법이 있을 텐데."

"조직을 떠난 인물을 현장에 투입하는 것은 문제가 생길 수 있습니다."

"이미 문제가 발생했기 때문에 내가 온 걸 모르나? 모든 책임은 내가 진다. 코드제로에게 연락을 취해."

"알겠습니다."

리들리 차장은 마지못해 대답했다.

스미스 국장에게 협조하라는 지시가 MI6를 이끄는 치프에게서 내려졌다.

*   *   *

탄자니아 쿠데타와 학살에 깊숙이 관여했던 브라운은 씁쓸한 표정으로 저녁놀을 바라보고 있었다.

"본부에서 저희를 버린 게 확실합니다. 처리반이 움직였다고 합니다."

브라운과 동행하고 있는 포틸로가 말했다.

코사크에게 쫓기고 있는 데스엔젤은 같은 편에게도 쫓기는 신세가 된 것이다.

"꼬리 자르기가 신속하군. 계좌도 잠겼겠지."

"예, 유럽 전역에서 인출되지 않습니다."

"후후! 재미있어. 중국에는 토사구팽(兎死狗烹)이라는 말이 있더군."

"그게 무슨 뜻입니까?"

"토끼 사냥이 끝나면 사냥개를 잡아먹는다는 뜻이지. 우린 토끼 사냥에도 실패했지만 말이야."

"사냥개가 쓸모없어졌다는 것이군요?"

"그래, 맞아. 이젠 쓸모가 없다고 생각한 거지. 하지만 난 그렇게 생각하지 않아."

"어떻게 하실 생각이십니까?"

"코사크를 만나야겠지."

"코사크를요?"

포틸로는 브라운의 말에 놀라 물었다.

"그래, 만나서 담판을 지어야지. 사냥개가 주인을 물어다 주겠다고 말이야."

브라운은 들고 있던 와인 잔을 입에 가져가며 말했다.

*　　　　*　　　　*

홍콩항으로 초호화 요트 한 대가 들어오고 있었다.

한눈에 보아도 고급스러운 호화 요트의 가판 위에는 두 명의 여자가 홍콩항을 바라보고 있었고, 그녀들을 호위하듯 깔끔한 슈트를 차려입은 십여 명의 남자들이 서 있었다.

요트가 천천히 물살을 헤치며 정박지에 도착하자 부두에서 기다리던 인물들이 빠르게 요트와 연결하는 다리를 놓았다.

"어서 오십시오. 천녀님의 홍콩 방문을 진심으로 환영합니다."

고개를 깊이 숙인 채 송예인을 맞이하는 인물은 홍콩 삼합회의 최고 조직인 신의안(新義安)를 이끄는 용두(龍頭) 추위안이었다.

용두는 두목을 가리키는 말로, 신의안은 조직원은 3만2천 명에 달하며 홍콩 삼합회의 3분의 1이 조직에 속해 있다.

"천 용두께서 이리 직접 나오셔서 환영해 주시니 감사드립니다."

붉은색 드레스를 입은 송예인은 추위안과 달리 고개를 빳빳이 세우고 있었다.

그 모습은 마치 신하가 군주를 맞이하는 모습 같았다.

"아닙니다, 이리도 아름다운 모습을 보여주신 것만으로도 영광입니다. 저리로 가시지요."

추위안은 수만 명의 조직원을 거느리고 있는 보스라고는 볼 수 없을 정도로 송예인을 어려워하는 모습이 느껴졌다.

수년간 치열하게 이권 다툼을 벌이던 마카오의 밤을 단숨에 평정한 곳이 천도맹이었고, 그곳의 주인이 천녀였다.

신의안 또한 마카오의 이권을 차지하기 위해 부(副)용두와 함께 지부를 이끄는 2명의 선봉(先鋒)과 3명의 홍곤(紅棍)를 파견했다.

선봉은 지부를 만들고 이끄는 인물이고, 홍곤은 단원을 이끌고 활동하는 지부의 행동대장이다.

신의안이 자랑하는 인물들을 마카오로 보냈지만 모두 불귀객이 되고 말았다.

그리고 신의안 부용두의 잘린 머리가 추위안에게 배달되었다.

"신의안의 결단은 천도맹과 함께 새로운 도약으로 나아갈 것입니다."

"천녀님과 함께할 수 있는 것이 저에게는 큰 행운입니다. 홍콩에서 대륙으로 나아가는 길을 저희 신의안이 닦도록 하겠습니다."

추위안은 천녀인 송예인의 제안을 받아들였다.

천도맹의 주인인 천녀의 제안은 따르든지, 죽든지 둘 중 하나였다.

천녀의 말이 허언이 아니라는 것을 알게 된 것은 신의안의 경쟁자이자 급속한 성장세를 구가하던 14K의 산주(山主)인 덩 젠홍이 경호원과 함께 홍콩의 한 건물에서 사망했기 때문이다.

14K 또한 2만 명이 넘어서는 조직원을 거느린 홍콩 삼합회의 대표적인 조직이다.

"그 행운이 앞으로도 추 용두와 함께할 것입니다."

천녀와 함께 걸어가는 추위안의 뒤로는 화린이 뒤따랐다고, 뒤로는 30여 명의 천도맹 경호원들이 무서운 눈빛으로 주변을 살폈다.

천녀와 추위안이 걸어가는 양쪽으로는 신의안의 조직원들이 병풍처럼 길게 늘어서 있었다.

그때 호화 요트가 도착한 항구의 옆쪽으로는 커다란 위용을 자랑하는 유람선이 막 도착했다.

유람선에서는 천여 명이 넘어서는 천도맹 조직원들이 홍콩 땅을 밟고 있었다.

*　　　*　　　*

세계 5대 반도체 장비 업체 중 하나인 도쿄일렉트론(TEL)을 인수한 블루오션반도체는 도쿄일렉트론의 이름을 블루오션일렉트론(BEL)로 바꾸었다.

블루오션일렉트론은 경기도 용인에 새로운 공장을 설립하기로 했다.

블루오션일렉트론의 앞선 기술력을 한국으로 전수하려는 조치였고, 기술 개발 연구소도 함께 만들어질 예정이다.

일본 큐슈와 미야기에 있는 공장들에서 생산되는 반도체 장비들도 한국에서 제조될 수 있는 기반을 마련할 생각이다.

반도체 생산 공정은 크게 전공정과 후공정으로 나뉜다.

실리콘 웨이퍼에 회로를 새기는 과정이 전공정이며, 전공정을 마친 웨이퍼를 몰딩하고 잘라내 금속 줄이나 돌기(범프) 등을 연결(Bonding) 혹은 부착하는 과정을 후공정이라 한다.

전공정은 다시 노광과 증착, 식각 장비로 회로 패턴을 새기는 앞단(FEOL)과 층(Layer)별로 회로 연결을 위한 배선 작업 등이 수행되는 뒷단(BEOL)으로 나뉜다.

블루오션일렉트론(BEL)은 이 모든 생산 공정에 대응하는 제조 장비를 갖춘 종합 반도체 장비 회사다.

도쿄일렉트론은 24억 5천만 달러에 블루오션반도체에 인수되기 전 2분기 동안 60(6천만 달러)억 엔의 적자를 기록했었다.

이는 연구 개발(R&D) 비용은 올라가는데 반도체 장비 수요는 줄어드는 상황에 따른 결과로 반도체 산업의 구조적인 공급과잉 문제가 연관된 일이었다.

블루오션반도체가 인수를 진행 중인 램리서치 또한 이러한 일로 인해 어려움을 겪고 있었다.

"올해 3분기부터는 대형 컴퓨터 업체들의 공급 수요와 PC의 기본 장착 메모리의 확대와 함께, 2000년 연도 인식 오류(Y2K) 문제에 대응한 PC 수요 증가로 인해 64MD램이 다시금 10달러 선을 회복할 것으로 보입니다. 여기에 마이크론이 생산하는 64MD램의 인식 오류가 발생한 것으로 확인되어 블루오션반도체의 판매 증가에 도움이 될 것 같습니다."

블루오션반도체 최영필 총괄 대표이사의 말이었다.

현재 D램 가격이 큰 폭으로 떨어지면서 세계 메모리 반도체 업계의 재편이 일어나는 중이다.

대만과 일본 반도체 업체들 중 경쟁력이 떨어지는 업체들이 탈락하고, 한국의 블루오션반도체와 현대전자, 미국의 마이크론, 일본의 NEC 등이 메모리 시장을 좌우할 것으로 예측하였다.

"현재 가격이 어떻게 됩니까?"

"64메가 D램 기준으로 올해 초까지 미국 현물 시장에서 9.8~10.6달러 선으로 유지했습니다. 하지만 이달 들어서 7.4~8.2달러로 폭락세를 보이고 있습니다."

16메가 D램에서 64메가 D램으로 세대 교체가 이루어지는 상황에서 64메가 D램의 가격이 적정 수준을 유지한 것은 고작 몇 개월뿐이었다.

"가격 폭락의 원인은 뭐 때문이죠?"

"후발 주자인 대만 쪽과 일본의 일부 업체들이 현물시장에서 투매에 나서고 있습니다. 특히 대만 업체에서 과잉 생산된 제품들을 처리하는 데 애를 먹는 상황입니다."

대만의 메모리 반도체 업체는 난야테크놀로지, 이노테라메모리, 파워칩반도체, 렉스칩, 프로모스, 윈본드일렉트로닉스 등 6개 업체다.

여기에 대만 업체들과 함께 64MD램과 128MD램의 투자 타이밍을 놓쳤던 일본의 히타치와 후지쯔가 어려움을 겪고 있었다.

블루오션반도체와 현대반도체가 64MD램의 생산량을 늘리자 16MD램을 주력으로 생산하는 대만 업체들이 재고 처리를 위해 덤핑 처리를 하는 중이다.

"치킨 게임의 승자가 서서히 가려지는 것 같습니다."

자리에 함께한 김동진 비서실장의 말이었다.

"예, 블루오션반도체는 대만이나 일본 업체보다 생산원가가 낮아 치킨 게임에 있어 유리한 고지를 점하고 있습니다. 더욱

이 고정 거래처들로 인해서 공급 가격이 안정적입니다. 하반기부터 128MD램과 렘버스D램이 본격적으로 시장이 형성될 전망입니다. 이들 제품의 양산 기술을 가진 업체들만이 D램 가격 폭락에 따른 손실을 만회할 수 있을 것입니다."

블루오션반도체 황인길 기술 담당 대표가 말을 이었다.

'흠, 올해 7월과 9월에 대만에 지진이 발생해 반도체 업체들이 큰 피해를 입었었지……'

대만의 반도체 업체가 몰려 있는 신주 지역에 지진 발생으로 인해 전력 및 용수 공급이 중단되었었다.

이 때문에 대만 반도체 업체들이 정상 조업을 재개하기까지 상당 기간을 소모했고, 이로 인한 공급 차질로 인해 메모리 가격이 폭등했다.

이 여파가 더해져 어려움을 겪고 있던 대만 반도체 업계에 결정타를 날렸다.

"대만 업체들의 D램 공급량은 어느 정도입니까?"

"전 세계 D램 공급량의 14% 정도를 담당하고 있습니다."

'흠, 14%의 공급량이 갑자기 줄어든다면……'

"메모리 반도체의 생산량을 지금보다 50% 이상 확대하십시오."

"예? 그게 무슨 말씀이신지요?"

내 말에 최영필 총괄대표이사가 눈이 동그랗게 커지며 놀란 표정으로 말했다.

"말한 그대로입니다. 50% 이상 생산량을 증산하라는 말입니다."

"50%를 확대하면 지금보다 메모리 가격이 더 내려갈 것입니다."

생산량이 50% 증감하면 최영필 총괄대표가 앞에 이야기했던 64MD램 가격 회복의 전망도 달라진다.

"현재 공급 과잉으로 인해 다른 업체들은 감산을 고려하고 있습니다. 저희가 50%를 추가 생산하면 메모리 가격 회복에 찬물을 끼얹지는 일이 됩니다."

블루오션반도체 부대표이자 영업들을 총괄하고 있는 성동기 부대표도 놀란 표정이 역력했다.

"맞습니다, 경쟁 업체들도 생산량을 줄이는 추세입니다. 50%를 추가 생산하면 재고량이 급증하고 수익률이 급감할 수 있습니다."

황인길 기술 담당 대표도 반대 목소리를 높였다.

이미 거래 업체에 맞추어 생산량과 재고량을 적정하게 조절하는 상황이다.

회의실에 있던 사람들 모두가 내 말에 충격을 받은 표정들이었다.

"치킨 게임의 종지부를 찍기 위해서는 공급량 확대가 결정타입니다. 이번 기회에 대만과 일본 업체들을 퇴출할 수 있는 여건을 만들어보지요."

"물론 틀린 말씀이 아니지만, 저희가 받을 타격도 만만치가 않습니다. 다시 한번 생각을 해보심이 어떠하신지요?"

최영필 총괄 대표이사가 평소와 달리 강하게 반대 의사를 피력했다.

갑작스러운 생산량 증가는 블루오션반도체의 한해 전략을 흔들어놓을 수 있었다.

"제가 이야기한 대로 진행하십시오. 이와 관련된 상황에 대해서는 어떤 책임도 묻지 않겠습니다. 문제가 발생하면 제가 모두 책임지겠습니다."

더는 반발을 할 수 없게끔 못을 박는 말이었다.

내 말에 블루오션반도체 관계자들은 김동진 비서실장을 쳐다보며 도움을 요청하는 표정이었다.

닉스홀딩스를 이끄는 핵심 인물이자 회장의 마음을 제일 잘 파악하는 최측근이었기에 지금의 결정을 변경하는 데 영향을 줄 수 있기 때문이다.

"회장님께서 하신 결정은 지금까지 단 한 번도 어긋나지 않았습니다. 이번 결정도 닉스홀딩스와 블루오션반도체에 있어 큰 전환점이 될 것입니다."

김동진 비서실장의 말은 블루오션반도체 관계자들이 듣고

싶은 이야기가 아니었다.

"알겠습니다. 말씀대로 진행하겠습니다."

블루오션반도체 최영필 총괄 대표이사의 대답으로 더는 내 말에 토를 다는 사람이 없었다.

미래를 알지 못하는 상황에서 블루오션반도체를 이끄는 인물들의 이야기는 틀린 말이 아니었다.

그렇다고 앞으로 대만에서 발생할 지진으로 메모리 반도체 공급 차질이 일어난다고 말할 수는 없는 노릇이었다.

Chapter 11

경의선이 개통되었다.

문산에서 출발해 북한의 신의주까지 연결하는 경의선이 3년 8개월간의 긴 공사 기간을 거쳐 개통한 것이다.

북한의 낡은 철도와 시설을 완전히 바꾸는 공사였고, 복선으로 진행되었다.

용산과 서울역에서 출발할 수 있는 경의선의 개통은 남북한의 물류 혁신을 가져올 수 있는 중요한 의미를 가진 일이었다.

이와 연관되어 경의선의 시작점인 용산과 일산에는 대규모 물류 창고가 지어지고 있었다.

북한의 주요 역과 공단 지역에도 물류 창고가 지어졌다.

경의선 개통식에는 북한 김평일 주석과 남한의 김대중 대통령이 직접 참석했다.

"이 역사적인 현장에 있을 수 있다는 것이 큰 축복이 아닐수 없습니다. 1951년 6월 12일 이후 멈추었던 열차가 다시금힘차게 신의주까지 달릴 수 있게 된 것은 정말 감개무량한 일입니다. 더구나 서울역에서 출발한 열차가 신의주는 물론 시베리아횡단철도를 거쳐 유럽까지 이어진다는 것은 남북한에 있어 큰 축복이 아닐 수 없습니다. 경제적 어려움을 겪고있는 상황에서 동북아 물류 허브의 구심점 역할을 할 수 있는……."

김대중 대통령의 감격스러운 연설을 바라보고 있는 오구라가즈오 일본 대사의 표정은 불편함이 가득했다.

남북한을 연결해 주는 경의선 철도의 개통은 일본이 가장원하지 않는 일 중 하나였기 때문이다.

남한의 외환 위기를 더욱 빠르게 확산시키는 데 큰 역할을담당한 일본은 지금처럼 남북한이 하나 되는 것을 절대로 원하지 않았다.

'남북한을 이대로 두면 대일본의 위상이 흔들릴 수 있

어······.'

축하 인사로 참석한 오구라의 머릿속은 복잡한 계산에 빠져 있었다.

일본이 경의선 철도 공사 중에 줄기차게 제의한 한일 해저 터널을 한국은 경제적 상황을 이유로 받아들이지 않았다.

한일 해저터널은 일본의 규슈에서 출발하여 대마도와 부산을 거쳐 한반도를 통과하는 동아시아 종단 철도 구상이었다.

*　　　　*　　　　*

경의선 철도 개통은 남북한의 새로운 이정표를 세우는 일이었다.

활발하게 전개될 것 같았던 남북한의 경제 협력은 외환 위기에 따른 IMF 관리 체제로 인해서 많은 것이 달라졌다.

정부 차원의 지원 사업도 자금 사정으로 뒤로 미뤄지거나 취소되었다.

하지만 남북한 경의선 복원 사업은 닉스홀딩스와 룩오일 NY의 투자로 끝까지 마칠 수가 있었다.

북한의 노후화된 철도 개선 사업은 닉스홀딩스 산하 닉스철도차량과 닉스E&C가 담당하고 있었다.

경의선 철도 또한 닉스철도차량에서 전적으로 관리하는 계약이 이루어졌다.

남북한 물자 수송은 룩오일NY의 부란과 합작한 한국의 물류 회사인 닉스부란이 담당하기로 했다.

두 회사 모두 경의선 복원 공사에 상당한 자금을 투자했고, 그에 해당하는 지분을 가지게 되었다.

북한의 신의주특별행정구에 있는 닉스공장에 부산 공장에서 생산된 신발 부자재와 물품들이 화물 기차에 실려 처음으로 북한 땅을 통과에 북쪽으로 보내졌다.

신의주특별행정구에 진출한 기업들은 대부분 인천항을 통해서 생산에 필요한 물품을 공급받았다.

북한의 도로 사정 또한 철도처럼 좋지 않았기 때문에 화물차를 이용한 수송은 이용하지 않았다.

하지만 앞으로 고속도로가 개통되고 정비되면 상황은 달라질 것이다.

"하하하! 강 회장님께서 큰일을 해내셨습니다."

큰 소리로 웃음을 내뱉는 김평일 주석의 표정은 밝았다.

아시아의 경제 위기는 남한은 물론 자본주의를 조금씩 받아들이려 하는 북한 경제를 어둡게 했다.

남북한의 합작 사업들이 계획대로 진행되지 못하고 있었기 때문이다.

"아닙니다, 김 주석님께서 물심양면으로 도와주셨기 때문입니다."

"하하! 저희야 땅과 노동자만 제공했지, 실질적인 공사 자금은 회장님께서 집행하신 것이 아닙니까."

김평일 주석의 말은 틀린 말이 아니었다.

남한 정부가 제공하기로 했던 자금 지원이 IMF로 인해 차질이 생겼다.

현재 정부가 계획하고 있던 정부 차원의 사업들 대다수가 새롭게 정리되고 있었다.

"경의선 복원 사업은 돈이 있어도 해결하지 못하는 사업이었습니다. 남북한이 하나가 되지 못했다면 말이지요."

"그걸 만들어낸 것도 강 회장님이 아닙니까. 솔직히 난 강 회장님 외에는 남한의 어떤 인물도 믿지 않습니다. 말과 행동이 일치하는 사람은 오직 강 회장님뿐입니다."

김평일은 나를 누구보다 신뢰하고 또한 의지했다.

북한은 중국처럼 개혁 개방을 진행하는 과정에 있었지만, 낙후된 북한의 인프라로 인해 선결되어야 하는 수많은 문제가 있었다.

북한과의 경협과 투자를 장담했던 남한의 정치인과 기업인들은 내외적인 문제들로 인해서 약속을 지키지 못했다.

북한의 전력 문제를 해결하긴 위한 수력발전소와 천연가스

발전소 설립 사업도 예산 문제로 착공되지 않고 있었다.

이 사업은 김평일 주석이 남한을 방문했을 때에 김영삼 대통령이 약속했던 사업이었다.

"감사하게 생각하고 있습니다. 이번 경의선 개통으로 인해 북한 주민들에 대한 물자 공급이 더욱 원활해질 것입니다."

"하하하! 모두가 강 회장님의 선견지명이 있었기 때문입니다. 누가 신의주에서 생산된 신발이 미국에 수출되리라 생각이나 했겠습니까?"

신의주특별행정구에서 만들어지고 있는 운동화들은 미국과 유럽으로 팔려 나가고 있었다.

신의주역과 두만강역이 이어지는 철도 개선 사업이 이미 끝나 블라디보스토크역을 통해서 유럽으로 수출품이 보내졌다.

경의선을 통해 부산까지 보내지는 신발들은 부산항을 통해 북미로 수출될 것이다.

"신의주특별행정구는 이보다 더 큰일들을 해나갈 것입니다. 홍콩과 싱가포르처럼 국제금융 도시의 역할도 감당할 수 있는 곳이 되어야 합니다. 이번 연도에는 소빈서울뱅크의 국제금융센터가 개설될 것입니다."

소빈서울뱅크 신의주 국제금융센터가 들어서면 아시아에서의 금융 투자가 지금보다 활발해질 것이다.

신의주 국제금융센터에서는 한국과 일본, 그리고 홍콩을 대상으로 하는 공격적인 투자를 진행할 예정이다.

"강 회장님이 하시는 일은 무조건 지지합니다. 신의주특별
행정구의 발전 상황이 군부의 생각을 상당 부분 바꾸어놓았
습니다. 특별행정구는 우리도 중국처럼 경제 발전할 수 있다
는 자신감을 불어넣어 주고 있습니다."

"중국을 넘어서기 위해서는 하루라도 빨리 제2의 신의주가
나와야만 합니다. 그렇기 위해서는 중국처럼 적극적인 투자를
받아들여야만 합니다."

"틀린 말씀이 아닙니다. 하지만 아직은 준비가 필요한 것도
사실입니다. 미국과의 국교정상화와 종전 선언이 뒷받침되어
야만 투자의 제약이 사라질 테니까요. 더욱이 중국의 협조 또
한 필요한 상황입니다."

김평일 주석의 말은 틀린 말이 아니었다.

금방이라도 될 것 같았던 남북한 종전 선언과 미국과의 국
교정상화는 아직 이루어지지 않았다.

어떤 이유에서인지 호의적인 입장을 내보였던 클린턴 정부
는 핵무기 포기를 선언한 북한과의 공식 수교를 차일피일 미
루었다.

북한과 혈맹 관계인 중국은 표면적으로 북한과 미국의 국
교 정상화를 지지한다고는 했지만, 내부적으로는 김평일에게
압력을 행사하고 있었다.

"맞는 말씀입니다. 미국과의 정상화가 이루어지면 세계 여러 나라들이 북한에 투자를 진행할 것입니다. 이와 함께 중국의 영향력에서 벗어나야 더 많은 일을 진행할 수 있습니다."

"북한이 변화하려고는 하지만 단시간에 달라지기는 힘들 것입니다. 신의주특별행정구의 변화가 친중 인사들에게도 영향을 주고 있습니다."

김평일이 북한의 정권을 잡은 지도 2년이 다 되어가지만 모든 것을 마음먹은 대로 할 수 있는 것은 아니었다.

최대한의 양보를 얻어낸 신의주특별행정구의 대중국 수출 특혜를 걸고 넘어가는 중국 인사들의 발언이 요즘 심상치 않게 나오고 있었다.

신의주특별행정구의 대중국 수출이 너무 가파르게 상승하고 있어 동북 3성 내 산업에도 큰 영향을 주고 있었기 때문이다.

이 때문에 중국은 이러한 특혜를 들먹이며 북한의 친미 정책에 대한 제동을 걸고 있었다.

"지금도 많은 변화를 이끌어오시고 있습니다. 북한 주민들이 어느 지역을 이동하더라도 제약이 없지 않습니까? 사람과 물건이 이동하면 어느 순간 많은 것이 바뀌게 될 것입니다. 우리 민족은 예부터 주변 나라들이 부러워할 정도로 부지런하고 창조적인 민족이었습니다. 남북한이 하나가 되어 움직이고 있는 지금부터 민족의 저력이 세상을 놀라게 할 것입니다."

"하하하! 강 회장님과 이야기를 나누고 있으면 답답했던 마음이 뻥하고 뚫어지는 느낌이 듭니다. 우리 민족이 세상을 놀라게 할 수 있도록 힘닿는 데까지 강 회장님을 돕겠습니다."

"하하하! 감사합니다. 경의선 개통은 시작에 불과할 것입니다. 한반도를 벗어나 더 넓고 더 높은 곳을 향해서 우리 민족을 나아갈 것입니다."

내 말에 고개를 끄떡이며 만족해하는 김평일 주석은 닉스홀딩스와 룩오일NY가 추진하는 사업들이 북한의 변화로만 이어지는 것이 아님을 직감하고 있었다.

*　　　　*　　　　*

문산에서 김평일 주석을 만난 후, 경의선 기차인 평화호를 타고서 북한의 신의주로 향했다.

아직 용산과 서울역에서 이어지는 지하 노선 공사가 완공되지 않았다.

현재는 문산에서 일산으로 연결되는 노선만 완공된 상태였다.

문산에서 출발한 기차는 개성과 해주, 사리원, 평양, 안주, 정주, 신의주로 이어지는 북한 노선을 달린다.

경의선의 개통으로 인해서 신의주특별행정구 내 관광특구를 방문하는 사람들이 늘어날 뿐만 아니라, 금강산에 이어 북한이 개방하기로 한 개성과 묘향산에도 상당한 관광객들이 방문할 것이다.

닉스철도차량에서 운행하는 경의선의 객차는 최신 객차로 최고 속도 160km/h, 평균 120~140km/h 속도로 달리게 된다.

문산에서 출발하면 4시간 20분 정도면 신의주역에 도착하는 것이다.

"감개가 무량합니다. 남한 땅에서 출발한 기차를 타고서 신의주를 방문하게 될 줄은 꿈에도 몰랐습니다."

김만철 경호실장이 창밖으로 보이는 풍경을 보며 말했다.

"이건 시작에 불과합니다, 앞으로 더 놀라울 일들이 벌어질 것입니다. 남쪽의 기술력과 자본이 북쪽의 노동력과 지하자원과 합해지면 그 누구도 무시할 수 없는 나라가 될 것입니다. 그때가 되면 남북한 주민들도 아무렇지 않게 왕래할 수 있습니다."

남북한이 하나가 되어 나아간다면 그 어떤 나라도 무시할 수 없는 힘을 가지게 될 수 있었다.

하지만 그걸 원치 않는 나라들이 남북한을 둘러싸고 있다는 것이 문제였다.

"하루라도 빨리 그런 날이 왔으면 좋겠습니다. 회장님께서 꼭 그렇게 만드실 것이라고 믿고 있습니다."

"하하하! 저에게 너무 부담을 주시는 것 아닙니까?"

"부담이 아니라 부탁입니다. 다른 사람들은 말로만 끝날 이 야기를 회장님께서는 현실로 만들어주시니까요. 저는 이 일도 회장님만이 하실 수 있다고 믿습니다."

"하하! 절 너무 과대평가하시면 안 됩니다."

"무슨 말씀을 나누셨길래 이리 즐거우십니까?"

잠시 비서실 직원들과 미팅을 하고 온 김동진 비서실장의 말이었다.

"회장님께 하루라도 빨리 남북한을 통일시켜 달라고 말했 습니다."

김만철 경호실장은 한발 더 앞서 나가는 말을 했다.

"하하하! 회장님께서 남북한 통일에 영향력을 주실 수는 있 지만, 지금은 힘들 것 같은데요. 통일 비용도 상상할 수 없을 정도로 소요되지만, 미국과 중국은 물론이고 일본이 절대 가 만있지 않을 것입니다."

김동진 비서실장은 현실적인 이야기를 꺼내 들었다.

한반도를 둘러싼 4대 강대국 중 러시아는 남북한의 통일을 전적으로 찬성할 것이다.

하지만 나머지 세 나라인 미국, 중국, 일본은 자신들의 이익을 철저하게 따질 것이 분명했다.

그중 남북한이 가까워지는 것을 병적으로 싫어하는 일본의 방해가 가장 심할 것이다.

"틀린 말씀이 아닙니다. 남북한은 전격적으로 통일을 진행할 수는 없습니다. 하나둘 남한의 경제에 발맞추듯이 북한 경제가 따라와 주어야만 통일에 따른 후유증이 최소화됩니다. 너무 급해도 안 되고, 그렇다고 너무 늦어버리면 기회를 잃어버릴 수 있습니다."

통일이 이루어진 독일은 지금 급작스러운 통일과 연관된 후유증을 심하게 앓고 있었다.

"어떻게든 남북한이 하나가 되게 해주시면 저는 바랄 것이 없습니다. 북한 주민들도 잘 먹고 잘사는 모습을 꼭 보고 싶은 것이 제 심정입니다. 회장님을 만나 저만 잘 살아가는 것이 왠지 마음 한편에 늘 미안함으로 자리하고 있습니다."

티토브 정이 러시아의 고려인들을 위해 애쓰는 것처럼 김만철은 북한 주민들을 위해서 자신이 할 수 있는 일을 다 했다.

"예, 그날이 언제가 될지는 모르겠지만, 반드시 남북한이 하나가 될 수 있도록 할 것입니다."

김만철 비서실장이 원하는 것처럼 나 또한 통일이 그날이 하루라도 빨리 왔으면 하는 바람은 늘 가지고 있었다.

남북이 하나가 되어야만 간도는 물론이고 조상들이 호령하고 다스렸던 만주까지도 손에 넣을 수 있기 때문이다.

*   *   *

일본 교토에 자리 잡은 최고급 요정에는 천지회에 속한 인물들이 하나둘 자리하고 있었다.

천지회의 일본의 정계와 재계에 내로라하는 인물들이 속한 친목 단체였지만, 사실상의 일본을 좌지우지하는 단체였다.

천지회에 속한 기업들은 일본의 3대 재벌인 미쓰비시, 미쓰이, 스미토모는 물론 일본철도(JR), 닛산자동차, 마쓰다자동차 등 일본의 대표적인 전범 기업들이었다.

여기에는 닛닛테쓰제철, 마쓰시타전기, 니콘, 파나소닉, 캐논, 가네보, 모리나가, 기린, 리갈 등도 포함되어 있었고 이들 또한 전범 기업이었다.

그중에서도 조선인 10만여 명을 강제 징용해 군수 사업을 키운 미쓰비시 기업은 제1 전범 기업에 속했다.

"이대로 뒷짐을 지고 보고 있다가는 한국이 우리의 손아귀에서 벗어날 수 있습니다."

구마가이 미쓰이 회장이 입을 열었다.

"하청기지 역할을 충실히 해주어야 할 남한이 너무 빨리 북한과 손을 잡으려고 하는 것이 문제입니다. 이번 경의선 철도 개통을 보고 있자니, 위기감을 느꼈습니다."

미쓰비시종합상사의 사사키 회장이 동감한다는 듯이 고개를 끄떡였다.

그때 천지회를 이끄는 세지마 류조가 입장했다.

그러자 자리에 함께한 기업들의 회장과 자민당 국회의원들이 모두 일어나 그를 맞이했다.

Chapter 12

올해 88세가 된 세지마 류조는 날카로운 눈매로 모임에 참
석한 인물들을 관조하듯이 보았다.

1911년생인 세지마는 1932년 육군사관학교를 차석으로 졸
업하고, 도야마 보병 제35연대에 배속되어 중일 전쟁에 초급
장교로 참전한 인물이다.

사단장의 추천으로 육군대학에 진학해 1938년 수석으로
졸업한 이후, 태평양전쟁이 발발하자 일본 육군에서 각종 작
전에 관여했다.

전쟁이 끝나갈 무렵 소련군에 체포된 세지마는 11년간 시베

리아에서 유영 생활까지 겪었다.

일본으로 돌아온 세지마는 이토추상사에 평사원으로 입사 후, 초고속 승진을 거듭하여 10년 만에 전무에서 20년 후에는 회장이 되었다.

그는 이토추상사를 종합적인 기업화로 이끈 인물이기도 했다.

이러한 놀라운 성공의 이면에는 한국의 정계와 연결된 끈을 통해 한일 국교 정상화 후 배상 프로젝트 이권을 일본 내 다른 상사들보다 먼저 획득했기 때문이다.

1981년 회사 일선에서 물러난 이후부터 일본 정·재계의 특별 고문과 국가 자문 역할을 통해서 영향력을 확대하여 지금에 이르렀다.

그는 일본의 전쟁과 한국 지배를 정당화했으며, 새로운 역사 교과서를 만드는 모임의 후원자이자 일본 극우 세력의 대부였다.

한국 내에도 세지마의 영향력이 상당했고, 박정희 전 대통령과 신군부 세력들도 세지마와 관계를 맺었다.

한국의 미르재단과 천지회는 경제 협업이라는 이름을 통해서 연결되었고, 지금도 친일 세력과는 끈끈한 관계를 맺고 있었다.

"남북한의 움직임이 우리의 예상을 벗어나고 있습니다. 천지회의 노력으로 한국을 IMF로 이끌었지만, 경의선 철도는 결국 개통되었습니다."

스미토모의 아키야마 회장이 세지마가 자리에 앉자마자 입을 열었다.

"북한과 미국과의 수교를 어떻게든 막았지만, 이번 일로 인해서 북한이 얻는 경제적 이익이 만만치가 않을 것 같습니다. 이러다가는 그동안 우리가 진행해 온 남북한 이원화 정책이 표류할 수 있습니다."

미쓰비시 사사키 회장도 목소리를 높였다.

"틀린 말이 아니야. 남북한 철도 개통과 휴전선 개방은 우리가 꼭 막아야 했던 일이었어. 이러한 문제 때문에 한국을 길들이기 위해 IMF로 이끌었던 것인데."

세지마가 고개를 끄떡이며 두 사람의 말에 동조했다.

천지회는 김영삼 대통령 시절 예상치 못한 조선총독부 철거에 화들짝 놀란 이후부터 한국을 흔들기 위한 계획을 세웠다.

일본의 국운을 드높이고 다시금 한반도에 발을 들여놓을 것이라는 약속의 징표가 조선총독부 건물이었다.

그러한 건물이 허무하게 폭파되어 사라지자 천지회 인물들은 적잖은 충격을 받았다.

"경의선 개통을 위해 닉스홀딩스와 러시아의 룩오일NY가 부족한 자금을 투자했습니다."

넛산자동차의 하나와 요시기즈 회장의 말이었다.

"닉스홀딩스는 그렇다 치고 룩오일NY는 무엇 때문이지?"

"룩오일NY는 시베리아철도 운영권을 가지고 있습니다. 경의선를 통해서 저렴한 한국의 제품들을 유럽으로 실어 나르려는 것 같습니다."

"룩오일NY의 계열사인 부란은 세계적인 물류 회사로 올라선 상황입니다. 부란은 아프리카는 물론이고 유럽의 물류 시장을 32%나 차지할 정도로 급성장했습니다. 미국에서도 상품의 12% 이상을 부란을 통해 운송할 정도로 커졌습니다."

세지마의 말에 미쓰비시의 사사키 회장과 미쓰이종합상사 아키야마 회장이 연달아 대답했다.

"러시아 놈들이 단시간에 그럴 능력을 보였다는 것이 놀랍군."

"부란은 미국과 유럽에서 여러 운송 업체들을 인수·합병하며 덩치를 키워왔습니다. 더구나 룩오일NY는 자금 출처가 의심될 정도로 막대한 자금을 부란에 쏟아붓고 있습니다."

"룩오일NY는 석유와 금융을 앞세운 기업입니다. 현금 자산이 얼마나 있는지는 모르겠지만, 충분히 부란에 투자할 여력은 있었을 것입니다. 세계적인 은행으로 발돋움한 소빈뱅크도 룩오일NY가 소유한 기업입니다."

도쿄미쓰비시은행장인 사토루의 말이었다.

외국환전문 도쿄은행과 미쓰비시은행이 1997년 합병해서 탄생한 은행으로 미쓰비시의 계열사였다.

미쓰비시 재벌은 제2차 세계대전 패전 후, 점령군의 명령으로 재벌이 해체되었다가 한국 전쟁으로 일본 경제가 부흥하자 해체되었던 회사들이 재결합하여, 1954년 종합상사로서 미쓰비시상사가 부활했다.

"러시아에서 룩오일NY가 탄생했다는 것은 정말 놀라운 일이야. 러시아 놈들은 절대로 이런 일을 할 수 없는 족속인데 말이야."

세지마는 시베리아 유영 생활에서 러시아에 대한 적개심과 함께 러시아인들의 장단점을 파악했다.

구소련의 공산주의 체제가 붕괴되어 자본주의로 넘어가는 과정에서 탄생한 룩오일NY는 서방의 어떤 기업보다 빠르게 성장했다.

자본주의에 대한 교육이 전혀 되어 있지 않던 공산주의 체제 아래에서 탄생한 룩오일NY는 놀라울 정도의 경영 능력과 함께 합리적인 투자를 통한 고도성장을 보여주었다.

룩오일NY을 이끄는 표도르 강에 대한 궁금증은 천지회도 마찬가지였다.

"룩오일NY를 이끄는 표도르 강이 고려인 3세가 아닌 한국
인이라는 소문이 돌기도 했습니다. 하지만 저희가 조사한 바
로는 타당하지 않다는 결론을 냈습니다."

미쓰비시의 사사키 회장의 말이었다.

미쓰비시종합상사가 가진 정보력은 특정 분야에서 일본 내
각정보조사실보다 뛰어나다는 평가를 받았다.

룩오일의 인수전에 참여했던 미쓰비시는 강태수를 티토브
정과 착각하여 고려인으로 결론지었다.

이러한 착각은 코사크정보센터와 러시아연방보안국(FSB)이
일본에 꾸준한 거짓 정보를 흘린 결과물이었다.

"한국인이 룩오일NY의 회장이라는 말은 일본원숭이가 룩오
일NY의 회장이라는 소리와 같은 거잖아."

세지마는 한국과 한국인의 능력을 과소평가했다.

그러한 이면에는 한국의 박정희 대통령과 군사정권의 전임
대통령들에게 자문 역할을 담당했던 세지마의 경험 때문이
다.

세지마는 박정희 대통령에게 수출 주도형 종합상사 체제의
개발 드라이브를 조언했고, 쿠데타를 통해서 정권을 잡은 전
두환 대통령에게는 민심 수렴을 위한 올림픽 유치를 말해주었
다.

어렵게 대통령에 올라선 노태우 대통령에게는 대통령제의

문제점을 제기하며 일본식 내각제를 건의했다.

자신의 손에 의해서 움직이는 한국을 보며 세지마는 희열을 느꼈고, 일본에 벗어날 수 없음을 확인했다.

"하하하! 맞는 말씀입니다. 원숭이보다 능력이 떨어지는 종자들이 한국 놈들입니다. 문제는 그런 놈들이 러시아의 힘을 빌려서 우리의 앞길을 막으려 한다는 것입니다."

세지마의 말에 스미토모의 아키야마 회장이 큰 소리로 웃으며 말했다.

평상시 친한파로 알려진 아키야마였지만, 그의 속은 겉모습과는 전혀 다른 모습이었다.

"한국 정부가 무능하고 능력이 떨어진다는 것은 어제오늘의 일이 아닙니다. 하지만 닉스홀딩스의 강태수 회장은 전혀 다른 모습을 보여주고 있습니다."

"원래 원숭이도 리더가 될 놈은 타고나는 벗이지. 강태수 같은 종자는 일본에서 흔한 인물이지만, 한국에서는 특별하게 보일 뿐이야. 다른 놈들이 워낙 형편없으니까 말이야."

세지마는 닉스홀딩스를 이끄는 강태수의 능력을 깎아내렸다.

강태수를 지금껏 만나고 경험한 한국의 경영인들 중 하나로 여길 뿐이었다.

"그래도 닉스홀딩스를 한국 최고의 그룹으로 성장시킨 강태수는 다른 면이 있는 것 같습니다. 그의 나이가 한국 나이로 고작 28살밖에 되지 않았으니까요."

미쓰이종합상사의 구마가이 회장의 말이었다.

그는 일본에 진출한 닉스와 닉스커피의 선전을 보았다. 거기에 도쿄일렉트론을 인수한 블루오션반도체의 눈부신 성장세를 경계했다.

"룩오일NY와의 유대 관계 때문에 강태수의 뒤를 봐주는 인물이 있다는 소문도 있습니다."

"흠, 여러 가지 상황을 보더라도 28살에 그룹을 이끈다는 것은 쉬운 일은 아닌 것이 분명하지. 하지만 한국 정부의 비호 없이는 그런 일들을 할 수 없는 것이야."

"한국 정부가 강태수의 뒤를 봐준다는 말씀입니까?"

아키야마 회장이 궁금한 표정으로 물었다.

"강태수는 러시아와 북한이라는 키를 아주 적절하게 이용하여 한국 정부와 딜을 해왔어."

세지마는 강태수에 대해서 노태우 전 대통령과 그의 최측근들에게 전해 들었다.

북방외교와 러시아 자원 개발에 이정표를 세운 노태우 대통령의 치적이 강태수의 도움으로 이루어졌다는 사실을 말이다.

여기에 북한을 통치하는 김평일 주석과의 친밀한 관계가

강태수에게 날개를 달아준 것으로 판단했다.

그 결과가 신의주특별행정구였다.

세지마는 닉스홀딩스에 이전 정권들의 통치 자금이 흘러들어 갔다는 의심을 하고 있었다.

"하긴, 그러한 특혜가 없다면 이야기할 수 없는 일들이긴 합니다. 더구나 한국의 언론에도 강태수는 일절 모습을 드러내지 않는다고 합니다."

"모습을 보이지 않는다는 것은 여러 가지 의미로 볼 수 있겠지만, 언론에 불편한 것이 있을 때와 진실과 다른 모습을 보여주기 싫을 때 나타나는 행동이지. 하여간 닉스홀딩스와 강태수에 대해 정확한 판단이 필요해."

"선생님의 말씀에 저도 동조합니다. 저희가 의도한 대로 한국의 30대 그룹 중 15개가 청산되거나 문을 닫았습니다. 여기에 5대 그룹에 속했던 쌍용과 대우도 올해를 넘기기 힘들 것으로 보입니다. 한국의 30대 그룹 대다수가 흔들리는 와중에 유독 닉스홀딩스만이 유일하게 성장세를 구가하고 있습니다. 더구나 저희 3대 종합상사에서 추진하는 자원 개발 프로젝트와 충돌하는 것이 우려스러울 정도입니다."

미쓰비시, 미쓰이, 스미토모종합상사들은 석유, 석탄, 철강, 구리 광산 등 에너지 사업과 자원 개발 사업을 세계 곳곳에서 진행하고 있었다.

"우리 천지회의 설립 목적인 신대동아공영을 이루기 위해서는 남북한에 대한 경제 지배가 반드시 필요한 일이다. 우리에게 순종적인 놈들은 살아남겠지만, 그렇지 못한 놈들은 수단과 방법을 가리지 않고 응징해야 해. 한국은 영원히 우리의 종이 되어야 하니까."

세이지의 말에 요정 회의에 참석한 인물들 모두가 동조하듯 고개를 끄떡였다.

*　　　　　*　　　　　*

경의선 개통과 연관되어 신의주역은 이전보다 더욱 넓어지고 현대화되었다.

중국과 유럽으로 향하는 수출 전진 기지 역할을 담당하기 위해서 최첨단 물류 센터와 물류 창고들이 구축되었다.

신의주역 근처에 마련된 물류 센터는 25만 평에 달하며 신의주공항과도 연계되어 세계 곳곳에 필요한 물품을 공급할 수 있는 시설을 갖춘 것이다.

닉스홀딩스와 부란의 공동 투자로 이루어진 물류 센터 구축에만 10억 달러가 소요되었다.

"모든 것이 계획한 대로 차근차근 이루어지고 있습니다. 한국에서 부란을 통해 유럽으로 수출하는 물동량이 작년보다 38%나 늘었습니다. 경의선 개통으로 인해서 최종적으로는 2배가 넘어설 것으로 예상하고 있습니다."

부란을 책임지고 있는 구세프 최의 말이었다.

컨테이너선을 통해서 유럽으로 가던 물품들이 이제는 기차를 통해서 수송되는 길이 활짝 열린 것이다.

배로 한 달 이상이 걸리는 유럽으로의 수송 길이 이제는 10일이면 가능하게 된 것이다.

그만큼 물류비용이 절감되어 가격 경쟁력이 생긴다는 말이었다.

"우린 황금 알을 낳는 거위를 손에 넣은 거나 마찬가지야. 이 노선을 이용하려는 수많은 회사와 사람들이 몰려들 테니까."

한국의 수출 기업은 물론이고 중국, 일본, 대만, 홍콩 등이 신실크로드 노선으로 불릴 유라시아 라인을 이용할 것이기 때문이다.

이를 통해서 벌어들이는 돈은 모든 지분을 가진 닉스홀딩스와 룩오일NY로 고스란히 들어오게 되어 있었다.

*　　　　*　　　　*

남북한을 이어지게 한 경의선 개통 소식은 미국을 비롯한 세계 유수의 언론들이 보도했다.

　한반도가 남북한으로 분단된 이후 정치적으로나 경제적으로 유례가 없을 정도로 가까워졌다는 소식이 전파를 탄 것이다.

　신의주특별행정구의 성공적인 운영에 이어 남북한을 연결하는 경의선의 개통은 남북한 경제에도 큰 여파를 미치는 사건이다.

　남한에서 생산된 제품들이 북한을 거쳐 시베리아철도를 통해서 유럽으로 가는 시간이 3배나 줄어들었다는 것은 수출 경쟁을 벌이는 일본과 대만보다도 유리한 고지를 점하는 일이었다.

　"닉스부란에 고객사들의 문의가 쇄도하고 있습니다. 일본과 대만 쪽에서도 물건을 바로 보낼 수 있느냐고 난리가 아닙니다."

　닉스부란의 최남구 대표가 조금은 흥분한 말투로 말했다.

　닉스부란은 시장에 나온 대한통운의 지분을 모두 인수하여 국내 물류 시장에서 가장 큰 업체로 올라섰다.

　"신의주특별행정구 내 업체와 닉스홀딩스 계열사들의 제품에 우선권을 주십시오. 그다음이 국내 업체들입니다."

경의선 개통에 이득을 누릴 수 있는 순서가 필요하고, 아무런 노력과 투자 없이 무임승차하는 일은 없도록 하는 것이 중요했다.

"당연한 말씀입니다. 우리가 만들어놓은 과실을 그냥 딱 먹으려고 하는 일은 절대 허락하시면 안 됩니다."

김동진 비서실장은 나보다도 더욱 강경한 어조로 말했다.

경의선 복원 사업에 관련된 국내 업체들에도 투자를 제의했었다.

하지만 북한에서 진행되는 사업에 거액을 투자하기가 쉽지 않았던 이유 때문이지 투자가 이루어지지 않았다.

현대그룹 쪽에서 투자 검토가 있었지만, 김일성의 사망과 김평일의 피격 등 급박하게 변화하던 북한의 정세가 투자에서 발을 빼게 만들었다.

그 이후 현대그룹은 자신들이 계획했던 금강산 개발로 선회했다.

"부란과 닉스부란은 북한 당국에 의해서 경의선 이용권을 50년 동안 보장받았습니다. 물론 연장도 가능하고요. 이런 상황에서 우리가 결정하기만 하면 됩니다."

북한 쪽 경의선 지분의 90%를 부란과 닉스부란이 소유하고 있었고 나머지 10%를 북한이 가져갔다.

용산에서 출발하여 문산으로 이어지는 남한 쪽 선로 또한 닉스부란이 60%, 부란이 20%, 철도청이 20%를 소유했고, 운영은 닉스부란이 담당한다.

"하하하! 그 누구도 할 수 없었던 일을 해내신 것입니다. 특별행정구에서 유럽으로의 수출이 몇 배로 늘어날 것이 분명합니다."

기쁜 웃음을 토해내는 닉스의 한광민 대표의 말이었다.

힘차게 돌아가고 있는 특별행정구 내의 기업들은 이날만을 얼마나 기다려왔는지 모른다.

이제는 남쪽에서 올라오는 자재와 재료들을 하루 만에 받아 생산할 수 있었다.

신의주특별행정구 내의 공장들의 절반 이상을 닉스홀딩스가 소유했고, 이곳에서 생산되는 대부분이 수출되고 있었다.

"하하하! 이젠 판을 깔아드렸으니, 유럽을 석권하셔야지요."

유럽으로 보내는 물류 비용이 최대 70%까지 절약될 수 있는 상황이라 신발 판매 가격에도 영향을 줄 것이다.

"휴! 이거 너무 큰 판을 깔아주셔서 부담감이 엄청납니다."

"하하하! 한 대표님은 회장님께서 부산에서 유럽까지 다이렉트로 연결할 줄은 모르셨나 봅니다."

한광민 대표의 말에 닉스미디어 박명준 총괄대표가 크게 웃으면서 말했다.

SCS방송과 미래경제신문을 책임지고 있는 박명준 닉스미디어 대표는 경의선 개통에 따른 북한 경제의 변화를 취재하기 위한 방송팀과 함께 기차를 타고 신의주에 도착했다.

"예, 정말 몰랐습니다. 이젠 꼼짝없이 유럽에서도 닉스를 최고로 만들어야지요."

한광민 대표는 늘 솔직하고 꾸밈없이 이야기했다.

"사실 저희도 회장님이 계획하신 일을 다 이해하고 받아들이기는 힘들었습니다. 일반인 생각을 뛰어넘으신 것은 어제오늘이 아니시지만, 신의주특별행정구와 경의선 복원으로 이어진 계획은 정말 놀라운 일이었습니다."

김동진 비서실장의 말은 진심 어린 말이었다.

닉스홀딩스의 그 누구도 내가 계획하고 생각했던 일들을 제대로 이해한 인물은 없었다.

"하하하! 여긴 모인 분들의 힘이 하나가 되어서 이룬 일입니다. 만약 저 혼자였다면 꿈으로 끝날 수 있는 일이 없을 것입니다."

"회장님은 모든 것을 아시는 분 같지만, 본인의 능력을 제일 모르시는 것 같습니다. 회장님께서는 저희가 없더라도 다른 사람들을 통해서도 충분히 이루실 수 있는 능력을 갖추고 계십니다. 이건 제가 회장님과 경쟁자로 있었을 때와 함께 일을 해보고서 느낀 점입니다."

박명준 닉스미디어 대표는 대산그룹 산하 필립스코리아 대표 시절 나와 무선호출기 시장에서 맞부딪쳤다.

무선호출기 시장에서 빠른 성장세를 구가하던 필립스코리아는 블루오션이라는 복병을 만나 큰 좌절감을 맛보았었다.

"박 대표님의 말씀은 틀린 말씀이 아닙니다. 저도 회장님을 부산에서 처음 봤을 때부터 크게 느낀 점이 있었습니다. 말로는 표현할 수 없었지만, 지금 눈앞에 있는 사람의 말을 선택하지 않으면 크게 후회할 것이라고요. 제 선택은 맞았고, 지금 이렇게 고생하고 있습니다."

"하하하! 한 대표님의 말씀이 맞습니다. 저와 일하시면 고생 문이 훤합니다."

고마운 말들이었다.

이들은 내가 미래의 일을 안다고는 꿈에도 생각지 못하고 있었다.

물론 미래를 안다고 해서 모든 일에 성공할 수는 없었다.

지금 이 자리에 오기까지 수많은 어려움과 난관을 극복했고, 목숨을 걸고 싸워왔다.

"하하하! 힘들더라도 회장님과 끝까지 가고 싶습니다."

"하하하! 저도 회장님의 꿈에 동참할 수 있었다는 것이 매우 기쁩니다."

회의실에 있는 모든 사람들이 한광민 닉스 대표의 말에 웃으면서 대답했다.

몸이 힘들고 고달파도 커다란 비전에 동참해 웃을 수 있다는 것이 일할 맛이 난다는 증거였다.

물론 그 일에 따라오는 부(富)는 부수적인 일이었다.

Chapter 13

MI6 특수지원처를 담당하고 있는 사이먼 스미스 국장은 홍콩에서 은퇴한 코드제로 쳉 로빈슨을 만났다.

홍콩항의 전경이 내려다보이는 언덕에 자리 잡은 고급 주택은 MI6의 소유였다.

"절 만나자고 하신 이유가 무엇입니까?"

40대 초중반으로 보이는 쳉 로빈슨은 지극히 평범했다.

어디서나 흔히 볼 수 있는 얼굴을 한 중국계 영국인이었다. 영국 남자와 중국 여자의 혼혈이었지만 생김새는 영락없는 중국계였다.

쳉 로빈슨은 아버지의 영국 성씨와 어머니의 나라인 중국 이름을 썼다.

"자네에게 부탁할 일이 있어서네."

"제가 은퇴했다는 것을 잊으셨습니까?"

뜨거운 차를 마시는 쳉은 무심하게 말했다.

"아니, 잘 알고 있네. 자네가 아니면 할 수 없는 일이기 때문에 부탁을 하려는 것일세."

"후후! 저는 MI6의 코드제로가 아닙니다. 현직에 있는 코드제로에게 명령하십시오."

"그게 가능했다면 자네를 만나지 않았겠지. 일에 대한 대가는 충분히 지급하겠네."

"제게 돈은 그다지 의미가 없습니다."

쳉은 홍콩항이 보이는 전면 유리를 바라보며 말했다.

"1천만 달러를 지급하지."

스미스 국장의 말에 쳉의 눈꼬리가 살짝 흔들렸다.

그가 생각했던 보수의 열 배에 해당하는 금액을 부른 것이다.

"하하하! 절 놀라게 하는군요. 대상이 누구길래 인색하기로 유명하신 분께서 1천만 달러를 입에 올리시나요?"

"구미가 당기나?"

"궁금은 하군요."

"대상은 두 명이네. 하나는 BBC 음향 방송 담당자인 윌슨 올리버와 데스엔절의 에디 스톤으로……."

스미스 국장은 두 명의 사진을 쳉에게 내보이며 말했다.

"올리버가 힘들다면 에디 스톤만이라도 반드시 제거해야 하네."

"두 명 중 하나가 제거하면 보수도 달라지겠군요?"

'미끼를 물었군. 1천만 달러를 다 주기에는 너무 아깝지…….'

"물론 1천만 달러를 다 지급하기에는 무리가 있겠지. 대신 스톤을 일주일 안에 깔끔하게 처리한다면 7백만 달러를 주겠네."

"일주일 안이라. 두 사람은 어디에 있습니까?"

"올리버는 모스크바에 있고, 스톤은 서울에 있네. 두 사람 다 보호를 받고 있지."

"누구에게서 말입니까?"

"내 제의를 허락하면 모두 말해주지."

"궁금증을 유발하시는 것입니까?"

"기밀을 유지하기 위해서네. 자넨 MI6를 떠난 인물이니까."

'1천만 달러를 내건다는 것은 보통 조직이 아니겠지.'

"하하하! 좋습니다. 제가 맡겠습니다."

MI6에서 쳉 로빈슨은 신화를 써온 인물이다.

어떤 환경과 어려움에서도 주어진 임무를 모두 해결해 왔다.

작전 중에 겪은 죽음에 대한 두려움과 불안감을 극복하는 과정에서 오는 희열감이 복잡하게 엮이면서 쳉의 성격을 바꾸어놓았다.

쳉은 코드제로의 역할에서 벗어났지만, 삶과 죽음의 경계에서 오는 희열감은 잊지 못했다.

"잘 선택했네. 두 사람은 러시아의 코사크가 보호하고 있네. 자네가 현역으로 뛸 때 겪어보지 못한 조직이지."

"코사크라. 이름은 들어봤습니다. 스미스 국장께서 날 찾을 만큼의 조직이면 좋겠습니다."

"충분히 자네를 즐겁게 해줄 만큼의 실력자들이 즐비하지. 데스엔젤과 재규어가 코사크에게 무너졌으니까 말이야."

"오! 재미있는 일이 되겠군요."

쳉은 짧은 감탄사를 내뱉으며 흥미를 보였다.

"하하하! 역시 공포의 암살자로 불린 인물답군."

그런 그를 바라보는 스미스 국장의 입에서도 만족스러운 웃음이 터져 나왔다.

*   *   *

쨍그랑!

탁자에 올려진 고급스러운 화병이 바닥에 내동댕이쳐지며 산산조각이 났다.

"아아악! 아직도 날 거부해! 네 몸뚱이는 내 것이야!"

천녀라 불린 송예인은 머리 부여잡고서 고통 섞인 신음성을 내질렀다.

그런 그녀를 안타까운 모습으로 지켜보는 것은 화린이었다.

"오늘은 정도가 심한데."

독백처럼 중얼거리는 화린은 이러한 일을 처음 겪는 일이 아니었다.

일주일에 한 번, 짧으면 3일에 한 번씩은 벌어지는 일이었다. 이러한 사실을 아는 것은 오직 화린뿐이었다.

"으아악! 넌 날 이길 수 없어!"

고성이 점점 커지면서 주변에 있는 물건들이 부서져 나갔다.

"헉헉! 넌 날 벗어… 날… 수 없어, 영원히……."

털썩!

기진맥진한 천녀는 부서진 잔해들로 가득한 바닥에 주저앉았다.

'끝났군. 오늘은 다른 날보다 길었네.'

"천녀님, 목욕물을 받아놓았습니다."

화린은 땀으로 뒤범벅이 된 천녀를 바라보며 말했다.

"한국행 비행기를 알아봐. 지금 당장 오빠를 만나러 갈 테 니까."

화린이 예상했던 말이 아니었다.

'이런! 몸의 주인이 바뀌었어.'

*　　　　　*　　　　　*

에디 스톤은 안정을 되찾았다.

한국에 도착한 이후부터 시작된 오한과 발작 증세가 치료를 통해 사라진 것이다.

에디 스톤 몸속에 축적되어 있던 전투 약물인 AX—2를 닉스병원에서 몸 밖으로 배출시켰다.

시한폭탄처럼 언제 터질지 모르는 약물의 후유증에서 오랜만에 벗어난 것이다.

전장의 공포와 두려움에서 벗어나게 해준 AX—2은 신체 능력 또한 단시간 내에 폭발적으로 끌어올렸다.

전투 약물에 의해 과도해진 아드레날린의 분비는 광적인 폭력성과 무분별한 살인을 불러일으켰다.

두려움을 사라지게 하고 놀라운 활동력을 제공하는 전투

약물은 그 기운이 떨어진 후 느끼는 허무감과 죄책감으로 인한 의존성이 매우 강했다.

AX—2 제공과 함께 은퇴 후 약물의 후유증에서 벗어나게 해주겠다는 약속은 무참히 깨졌다.

스톤이 정상적인 삶을 살아갈 수 없는 상황에서 선택은 단 하나일 수밖에 없었다.

다시는 피를 손에 묻히지 않겠다고 신 앞에 엎드려 맹세도 했다.

하지만 그 맹세조차 허무하게 깨뜨리는 중독성에서 벗어나기 위한 방법은 데스엔젤뿐이었다.

그러나 지금 일상적인 생활을 할 수 있게 해주겠다는 약속을 적으로 상대한 코사크가 이루어주었다.

'무엇 때문에 목숨을 걸고 싸웠던 걸까?'

스톤은 창밖으로 유유히 흘러가는 한강을 바라보며 자신에게 물었다.

영국을 위해서 목숨을 걸고 싸웠고, 그것이 자신에게 주어진 사명이자 국가가 부여한 의무라 여겼다.

하지만 지금 돌아보면 영국을 위해 목숨을 걸고 싸운 것이 아니었다.

"이스트라는 세력이 존재하다니……."

영국을 움직이고 국민을 지배하는 것은 여왕이나 총리가 아니었다.

코사크의 모든 말을 믿을 수는 없었지만, 여러 가지 정황을 살피면 데스엔젤이 저지른 일은 결코 올바른 일이 아니었다.

스톤은 지금까지 탄자니아와 DR콩고에서의 일은 영국을 위하고 데스엔젤의 동료들을 돕기 위해서 한 것이라고 믿어왔었다.

"몸은 이제 괜찮나?"

열린 문으로 자신을 담당하고 있는 코사크의 이성진 대원이 들어왔다.

"덕분에 많이 좋아졌소."

"김 박사께서 몸속에 남은 전투 약물은 앞으로 3~4개월 안에 자연 배출될 거라고 했으니, 걱정하지 않아도 될 거야."

"신경 써준 덕분이오. 그리고 어제 내게 해준 말들은 모두 사실입니까?"

"물론, 굳이 거짓말을 할 이유가 없으니까. 데스엔젤은 놈들에게 희생양이 된 거지. 또 한 가지 중요한 사실을 알려주지. 오늘 그대의 상관인 브라운이 우리와 만나고 싶다는 연락을 해왔어."

데스엔젤을 이끄는 인물이 브라운이었다.

브라운은 탄자니아에서 발생한 쿠데타에 관여했고, 주민 학살에도 직접 참여했다.

"브라운 대령이 모습을 드러냈단 말이오?"

"우리만 그를 쫓는 게 아니더군. MI6에서 그를 처리하기 위해 요원들을 파견했으니까."

"제기랄! 놈들이 우릴 버린 거군."

스톤은 힘없이 의자에 앉으며 말했다.

"목숨을 걸고 싸운 대가치고는 너무 가혹하지 않나?"

"그들이 우릴 버릴 줄은 꿈에도 몰랐소. 우린 조국과 데스엔젤의 형제들을 위해 싸웠을 뿐이오."

"데스엔젤이 총을 든 군인과 상대했다면 평가가 달라졌겠지만, 아무것도 모르는 주민들과 아이들까지 학살한 것은 씻을 수 없는 범죄 행위야."

"그건… 후! 맞는 말이오. 우린 그때 전투 약물에 취해 있었소. 새로운 AX−2는 이전 약물보다 더한 흥분감과 살인에 대한 충동을 일으켰소. 인간의 이성이 아닌 짐승처럼 본능이 시키는 대로 방아쇠를 당겼으니까."

스톤은 그 행위가 괴로운지 머리를 부여잡고 몸을 떨며 말했다.

"범죄 행위를 코사크에게 모두 떠넘기기 위해서 BBC 기자들을 끌어들였고."

"우린 그들이 BBC에 속한 기자인지 전혀 몰랐소. 그저 쿠데타를 취재하러 온 기자로 알았을 뿐이오."

"모든 각본은 MI6와 그대의 상관인 브라운 대령이 세웠으니까. 체스판의 졸들은 굳이 알 필요가 없으니까 말이야."

"부인하지 않겠소. 우린 브라운 대령의 말을 진심으로 믿었소. 미래를 위한 돈과 함께 전투 약물의 후유증에서 벗어나게 해주겠다는 말을……."

스톤은 자신과 동료들이 무엇 때문에 데스엔젤에 가담했고, 어떤 일을 했는지에 대해 소상히 이야기했다.

그가 말하는 모든 것은 촬영되고 녹음되고 있었다.

*　　　　*　　　　*

홍콩의 한 호텔에서 신의안의 용두(龍頭) 추위안이 천도맹의 수석 장로이자 호법인 홍무영을 급하게 만났다.

중국 본토로 본격으로 진출하기 위한 시점에서 그들을 이끄는 천녀가 자리를 비운 것이다.

"천녀께서 갑자기 한국으로 떠난 이유가 무엇입니까?"

신의안(新義安)를 이끄는 용두 추위안이 천도맹의 수석 장로인 홍무영에게 물었다.

"천녀가 하시는 일은 저도 헤아릴 수 없습니다. 조만간 홍콩으로 다시 오실 것입니다. 그동안 우리가 해야 할 일들을 진행하면 됩니다."

"천녀를 뵙고자 하는 귀빈들이 있어서 그렇습니다. 그들을 통해야만 중국에서의 사업을 원활하게 펼칠 수 있습니다."

"지금은 제가 무어라 확답할 수 없습니다. 천녀께서 모든 것을 결정하시니까요."

"시기가 중요해서 말씀드린 것입니다. 홍콩에서의 일은 천녀께서 없으셔도 되지만, 본토로 넘어가기 위해서는 여러 가지 일들이 필요하니까요."

천도맹과 신의안이 손을 잡으면서 홍콩에서 이 두 조직을 상대할 수 있는 조직은 없었다.

"흠, 일이 정 급하게 되면 제가 천녀를 뵈러 가겠습니다."

"홍 장로님께서 그리해 주시면 저도 조금은 마음을 놓을 수 있을 것 같습니다."

"큰일을 도모하기 위해서는 일사천리(一瀉千里)보다는 조금은 난관이 있어야 재미있습니다. 그것이 조직을 더욱 탄탄히 만들지요."

"하하하! 맞는 말씀입니다. 조금의 스릴은 필요하지요. 천녀만 계시면 본토의 괴물들도 두려워할 필요가 없습니다."

홍무영의 말에 추위안은 크게 웃음을 터뜨렸다.

천도맹의 천녀가 홍콩에 넘어오자마자 신의안의 경쟁 조직인 14K는 완전히 천도맹에 굴복했다.

다른 조직들도 항쟁보다는 몸을 굽히는 형국이었다.

＊　　　　＊　　　　＊

검은색과 갈색 선글라스를 낀 아름다운 두 여인이 김포국제공항을 빠르게 나섰다.

공항 밖에 세워진 검은색 벤츠가 두 여인을 기다리고 있었다.

두 여인은 송예인과 화린이었다.

"신라호텔로 예약했습니다."

송예인과 화린에게 고개를 깊숙이 숙인 두 명의 사내들은 마카오의 천도맹과 연계된 한국 화운방의 조직원이다.

화운방은 화교들이 주축이 된 조직이다.

"우선은 호텔로 가지."

"모시겠습니다."

화린의 말에 벤츠는 빠르게 신라호텔이 있는 남산으로 향했다.

　　　　*　　　　　*　　　　　*

"오랜만에 보는 정겨운 풍경이야."

남산타워가 한눈에 들어오는 방에서 서울 풍경을 바라보던 예인이 입을 열었다.

그녀의 보석 같은 눈동자는 미묘한 감정에 사로잡혀 있었다.

"저도 한국에 오니까 기분이 달라지는데요. 그런데 정말 강태수 씨를 만나러 가실 거예요?"

"후! 솔직히 모르겠어. 비행기를 탈 때까지만 해도 당장 만나야 한다는 생각뿐이었는데……."

짧은 한숨을 내쉬는 예인의 눈동자는 갈등하는 마음처럼 흔들렸다.

"다시금 몸을 빼앗기면 볼 수 없을 수도 있잖아요?"

화린은 예인의 편도 천녀의 편에도 설 수 없는 처지였다. 다른 두 인격체 모두 송예인이자 천녀였기 때문이다.

"어쩌면 그럴지도 모르지. 이런 행동이 오빠를 위험에 빠뜨리는 것일 수도 있으니까."

분명 천녀는 자신을 가두어둘 정도의 신념을 드러나게 만든 강태수를 그냥 두지 않을 수도 있었다.

한 사람을 향한 애틋한 사랑이 천녀의 사념을 이겨냈기 때문이다.

"그럼, 강태수 씨가 어디에 있는지 알아볼게요. 그리고 나서 만나든지 말든지는 언니가 정하세요."

"그래, 그때 가서 정하도록 할게."

예인이는 선뜻 나설 용기가 생기지 않았다.

정상적이지 않은 자신을 이전처럼 따뜻하게 받아줄까 하는 두려움이 먼저 앞섰다.

천녀의 사념에서 벗어나 정신을 차리고 나자마자 밀물처럼 밀려온 것은 태수 오빠에 대한 그리움이었다.

그 순간 감당할 수 없을 정도로 그를 보고 싶다는 생각이 온몸을 사로잡았었다.

하지만 한국 땅을 밟자마자 애타는 그리움이 자신을 외면할지 모른다는 두려움으로 바뀌어 버렸다.

Chapter 14

쳉 로빈슨은 남산 닉스하얏트호텔에 짐을 풀었다.

한국 방문이 처음은 아니었지만 일을 위해서는 아니었다.

코드제로를 떠나 새로운 삶을 살아가려고 했지만 두 손과 몸에 깊숙이 물든 살인의 향기는 어떤 방법으로도 지워지지 않았다.

몸에 배어버린 살인의 향기는 살인에 대한 충동을 자극했고, 그때마다 충동을 이겨내지 못한 채 부랑자와 범법자를 사냥했다.

교묘하게 이루어진 살인의 수법은 그 누구도 알지 못했고 경찰도 사고사나 자연사로 처리했다.

MI6가 자랑했던 코드제로에서 연쇄 살인마로 바뀐 쳉은 이제부터 합법적인 살인을 한국에서 즐길 수 있었다.

"에디 스톤은 닉스병원의 보안 병동에 입원해 있는 것으로 확인되었습니다."

MI6 극동지부 소속 한국 요원인 로빈의 말이었다.

"보안 병동이라고 부르는 걸 보니, 경비가 상당하겠군."

"예, 보안 병동의 내부는 전혀 확인할 수 없었습니다. 보안 병동으로 들어가는 입구에만 4명의 경비원이 있습니다. 총을 소지할 수는 없겠지만, 그에 상응하는 무기를 갖추고 있을 것입니다. 그리고 사진에서처럼 사각지대를 커버하는 감시 카메라가 12대나 설치되어 있습니다."

"보안 병동 안쪽에도 입구보다 많은 경비원이 있겠지?"

"아마도 그럴 가능성이 큽니다. 문제는 보안 병동의 설계도를 입수할 수가 없다는 점입니다. 구조가 어떻게 되어 있는지는 보안 병동을 출입하는 의사와 간호사만이 알고 있습니다. 더구나 이들 또한 출입이 가능한 공간이 한정되어 있습니다."

"아주 철저하군. 출입하는 의사와 접촉을 해야겠는데."

"그것도 쉽지 않은 것이 의사가 고정적으로 보안 병동을 출입하는 것이 아니라, 개별적인 사안에 따라서 해당 의사에게 무선 호출이 간다는 점입니다. 이들의 출입 기록은 철저하게 관리되어 외부로 유출되지 않고 있습니다. 그 때문에 어느 의사가 보안 병동에 출입했는지는 본인밖에 모릅니다."

"흠, 보안 병동과 관련 없는 자들의 출입은 철저하게 막아놓았겠군."

"예, 식사 배달도 경비원을 통해서 보안 병동으로 들어갑니다. 제삼자는 절대로 보안 병동에는 들어갈 수 없습니다."

"아주 흥미로워. 외부 침입에 대한 보안을 철저하게 유지할 수 있게 만들었어. 하지만 틈은 어느 곳에도 있는 법이지."

쳉은 로빈의 말에 그다지 신경을 쓰지 않는 모습이었다.

전 세계를 돌면서 작전을 벌였던 쳉은 수많은 보안 시스템과 경비원들을 무력화시켰었다.

"저희가 조사한 자료는 여기까지입니다."

로빈은 닉스병원의 설계도와 보안 시스템, 그리고 탈출로에 대한 자료를 쳉에게 넘겨주었다.

짧은 시간 내에 상당히 많은 자료를 구했지만 로빈이 말한 대로 보안 병동과 관련된 자료는 없었다.

*   *   *

신의주 관광특구 내 닉스카지노의 제2관인 황금성이 완공되었다.

닉스카지노가 완공되어 운영되는 3년 동안 수많은 외국인들이 닉스카지노를 찾았고, 그중에서도 도박을 광적으로 좋아하는 중국인들의 발길이 끝없이 이어졌다.

기존 닉스카지노로는 다 수용할 수 없을 정도로 관광객들이 몰려들었고, 이 때문에 계획보다 2년이나 빨리 황금관을 개관한 것이다.

기존 카지노보다 1.5배나 커진 황금관은 현재 수용할 수 있는 인원들의 최대 2배까지 받아들일 수 있었다.

하지만 쾌적한 환경을 마련하기 위해서 적정한 인원만 받아들일 계획이다.

이제는 카지노에 입장하기 위해 아침부터 길게 줄을 서는 일이 발생하지 않을 것이다.

황금관은 중국 관광객들을 위해 조성된 카지노였다.

"황금관은 중국인들이 좋아하는 바카라(Baccarat) 게임의 비율을 높였습니다. 이와 함께 게임 테이블의 절반은 셔플기를 설치해 게임 속도를 더 빠르게 했습니다."

오남희 닉스카지노 대표의 설명이었다.

바카라는 게임 진행 속도가 가장 빠른 게임이라 중국인을 비롯한 아시아인들에게 가장 인기가 있는 게임이다.

내국인 카지노인 강원랜드에서도 바카라는 최고 인기 게임 중 하나다.

자동 카드 셔플기는 딜러가 손으로 카드를 직접 섞지 않고 자동으로 카드를 섞어주는 장치다.

"중국인들의 발길이 더 늘었겠군요?"

"예, 다른 카지노와 달리 VIP에게는 베팅 한도를 제한하지 않고 있습니다. 이 때문에 더 많은 중국인들이 몰려들고 있습니다."

바카라 테이블의 게임당 베팅 최고 한도액은 10만 달러로 제한했지만, VIP들에게는 제한을 두지 않음으로써 잃은 돈을 단번에 만회할 수 있게 했다.

이러한 점 때문에 베팅 금액이 점점 높아졌고, 닉스카지노가 인기를 끄는 이유 중 하나가 되었다.

국내 카지노는 1회 베팅 금액이 30만 원으로 제한되기 때문에 수천만 원을 잃은 고객이 원금을 복구하기란 거의 불가능하다.

"회원 등급도 달라졌습니까?"

"골드 플래티늄 룸에 입장할 수 있는 고객이 200명을 넘어섰습니다."

닉스카지노는 이용 실적에 따른 등급에 따라 일반 고객용 객장과 골드, 플래티넘, 다이아몬드, 골드 플래티늄 룸에 입장할 수 있는 등급으로 나눈다.

다른 말로 하면 닉스카지노에서 얼마나 많은 돈을 잃어주었느냐로 평가한 것이다.

플래티넘 룸에 입장할 수 있는 고객들부터 회원제 고객으로 분류하여 별도로 관리한다.

다이아몬드 룸에서의 게임의 베팅 한도액이 100만 달러였지만, 골드 플래티늄 룸의 베팅 한도액은 무제한이다.

"정말 빠르게 늘었습니다."

"예, 저희가 예상했던 것보다 중국인들의 씀씀이가 보통이 아니었습니다. VIP 중 20% 정도만 다른 나라 고객일 뿐입니다. 중국인 고객 때문에 카지노 전용 비행기 2대를 더 장만했습니다."

닉스카지노의 매출의 75% 이상이 소수 최상위 고객에게서 나오고 있었다.

이들을 위해서 닉스카지노는 VIP 전용 비행기를 운영 중이다. VIP가 게임을 하고 싶다고 연락이 오면 전 세계 어디라도 전용 비행기를 보냈다.

닉스카지노는 기존 2대의 전용 비행기를 4대로 늘릴 만큼 수요가 많았다.

"최고의 서비스로 대접하십시오. 닉스카지노에서 누릴 수 있는 모든 것을 제공하시고요."

"예, 닉스호텔과 연계하여 VIP 고객들에게는 전 세계 어느 곳에서도 무료로 호텔을 이용할 수 있게끔 하고 있습니다."

닉스호텔은 전 세계 주요 관광지마다 호텔을 갖추고 있었다.

관광지를 찾는 닉스카지노의 VIP 고객들은 닉스호텔의 최고급 서비스를 받을 수 있었고, 언제든지 카지노 전용 비행기를 부를 수 있었다.

닉스카지노는 신의주 관광특구와 모스크바에서 운영 중이었다.

"잘하고 있습니다. 이들을 통해 벌어들이는 수익이 보통이 아니니까요. 슬롯머신의 잭팟 주기는 어느 정도입니까?"

"늦어도 한 달에 한 번꼴로 터지도록 하고 있습니다. 다른 카지노와 비교할 때도 아주 높은 비율입니다."

닉스카지노는 1,300대의 슬롯머신, 210대의 룰렛머신을 보유하고 있었다.

이번 황금관의 개장으로 인해 2,700대의 슬롯머신과 450대의 룰렛머신을 갖추게 되었다.

잭팟의 평균 금액도 올라갈 것이다.

"닉스카지노는 돈을 잃는 곳이 아니라는 것을 고객들에게 자주 보여주어야 합니다. 그리고 도박 중독이 아닌 게임을 즐기는 곳으로 비쳐야만 중국 당국의 우려에서 벗어날 수 있는 것입니다."

아직은 닉스카지노에 대한 우려 섞인 반응이 중국에서 나오지 않고 있었다.

하지만 언제든지 닉스카지노에 대한 중국인들의 출입을 통제할 수 있는 나라가 중국 당국이다.

"예, 말씀하신 대로 운영하도록 하겠습니다. 그리고 상하이방 측에서 닉스카지노를 이용하여 자금 세탁을 요청해 왔습니다."

닉스카지노는 소빈뱅크와 연계되어 있어서 소빈뱅크 지점이 있는 곳에서 돈을 찾을 수 있었다.

이 점 때문에 중국에서 외화를 밀반출하기 위해서 닉스카지노를 이용하는 중국인들도 적잖았다.

"얼마나 요구하고 있습니까?"

"10억 달러입니다."

"흠, 적은 금액은 아니군요."

"예, 닉스카지노를 이용하는 중국인들의 출입을 제재하지 않는 범위에서는 적당한 금액인 것 같습니다. 수수료 2%를 내기로 했습니다."

"좋습니다, 진행하십시오. 하지만 금액의 상한선을 마련하십시오. 아무리 상하이방이라도 요구가 점점 커지면 부담이 될 수 있습니다."

상하이방은 현재 정권을 잡고 있는 장쩌민을 따르는 세력이

다. 상하이방은 장쩌민이 상하이시 시장과 다 서기장을 거치면서 만들어놓았다.

"예, 문제가 생기지 않도록 하겠습니다."

"자! 다른 곳도 둘러봅시다."

닉스카지노를 통해서 중국의 부를 외부로 빼돌릴 수 있게 유도하는 것은 내가 계획한 일이었다.

불법적인 유출 금액은 앞으로 점점 커질 것이다.

중국 지도층이 국가 자산을 외국으로 빼돌리게 함으로써 중국의 발전을 더디게 하고 부패를 커지게 해야만 했다.

그래야만 동북 3성을 신의주특별행정구의 영향 아래에 둘 수 있었다.

*   *   *

송예인은 아버지인 송 관장과 언니인 송가인이 사는 집을 먼발치에서 바라보았다.

흑천이 사라지고 난 후, 송 관장은 다시금 원래의 집으로 돌아와 생활했다.

코사크에 근무하는 송 관장은 러시아와 한국을 오가는 생활을 하고 있었다.

송 관장이 러시아로 떠나 있을 때 가인은 강태수 회장의 본

가에서 어머니와 함께 생활했다.

"아빠, 정말 미안해."

마당에 나와 나무와 꽃에 물을 주고 있는 송 관장을 바라보는 예인의 눈에서는 눈물이 흘러내렸다.

"가인 언니, 보고 싶어."

가인은 집 안에 있는지 보이지가 않았다.

예인은 당장에라도 집으로 달려가서 아빠 품에 안기고 싶은 마음이 굴뚝같았다.

그러나 언제 바뀔지 모르는 자신의 인격 때문에 집으로 갈 수 없었다.

통제되지 않은 마녀의 인격은 가족이라 해도 그냥 두지 않을 것이기 때문이다.

가장 좋은 방법은 집에서 멀리 떠나 있는 것뿐이었다.

"가족들을 보고 가시는 것이 좋지 않을까요?"

뒤에 서 있던 화린이 손수건을 건네며 물었다.

"아니, 아빠와 언니를 보면 떠날 수 없을 거야."

예인은 눈물을 닦으며 자신이 결정한 것을 화린에게 말해주었다.

"그럼, 곧장 신의주로 올라가실 건가요?"

예인이 만나고 싶어 하는 강태수는 신의주특별행정구에 출장 중이었다.

"오빠도 만나지 않으려고. 그냥 이대로 떠나는 것이 좋을 것 같아."

예인은 자신에게 주어진 얄궂은 운명을 바꿀 수 없다는 것을 너무 잘 알고 있었다.

태수 오빠를 만난다 해도 달라질 것이 전혀 없었다.

오히려 애써 떠나보냈던 마음의 감정 때문에 태수 오빠와 언니의 관계를 망쳐놓을 수도 있었다.

한때 태수 오빠에 대한 감정을 누르기 위해 바보처럼 천녀 뒤에 숨었다.

"다시 홍콩으로 돌아가실 건가요?"

"어떻게 했으면 좋겠어?"

화린의 말에 예인이 되물었다.

"언니가 어딜 가든지, 무엇을 하든지 간에 저는 언니를 따를 거예요. 장소는 중요하지 않아요."

"그렇게 말해주어서 고마워. 홍콩으로는 돌아가지 않을 거야. 천녀가 원하는 것은 내가 바라는 것이 아니니까."

천녀의 인격이 자신의 몸을 차지했을 때 느꼈던 감정과 생각을 예인은 어느 정도 알고 있었다.

천녀가 꿈꾸는 것은 세상에 대한 복수와 지배였다.

그걸 이루기 위해 수단과 방법을 가리지 않았기 때문에 수

많은 희생이 뒤따랐다.

"언니가 원하는 삶을 살아가기 위해서는 몸을 빼앗기지 말아야죠."

"그럴 거야. 천녀가 내 몸을 차지하고 있을 때 난 잠들지 않았어. 그녀와 계속해서 싸움을 벌였으니까."

"그게 무슨 말이에요?"

화린은 이해할 수 없다는 표정으로 물었다.

"말로는 설명하기 힘들어. 하지만 한 가지는 말해줄 수 있어. 지금의 날 상대할 수 있는 사람은 세상에서 열 사람 미만일 거야."

예인이 이런 식으로 말을 한 적은 단 한 번도 없었다.

"천녀보다 강하기 때문에 몸을 되찾았다는 말인가요?"

"그럴 수도 있고, 아닐 수도 있지. 우선은 호텔로 돌아가서 떠날 곳을 생각해 보자."

예인은 알 수 없는 말을 하며 발걸음을 옮겼다.

＊　　　　＊　　　　＊

쳉은 호텔에서 나와 닉스병원을 방문했다.

한강을 조망할 수 있는 마포에 세워진 닉스종합병원은 국내 제일의 병원으로 우뚝 섰다.

IMF가 일어나기 전까지는 아산병원과 삼성병원과 함께 엎치락뒤치락하며 국내 최고 병원의 타이틀을 향해 나아갔었다.

하지만 IMF 관리 체제가 들어서면서 확연히 달라졌다.

닉스병원은 닉스홀딩스의 적극적인 투자를 바탕으로 국내를 넘어 세계적인 병원으로 도약하기 위한 준비를 갖추었다.

세계적인 병원으로 올라선 러시아의 소빈메디컬과 공동 의료 체계를 갖추면서 질병 연구와 의료 신기술 개발에도 적극적으로 대응했다.

그러한 결과가 세계 최초라는 타이틀을 획득하는 수술들을 성공적으로 이끌게 되었다.

여기에 닉스제약의 적극적인 협력으로 인해서 질병 치료제의 개발에도 한발 앞서 나갈 수 있는 여건이 형성되었다.

"시설이 정말 놀랍군. 홍콩에도 이러한 병원을 찾기 힘든데 말이야."

쳉은 닉스종합병원을 둘러보며 말했다.

일곱 개의 건물로 이루어진 닉스종합병원은 계속해서 주변 땅을 매입하여 새로운 연구동을 짓고 있었다.

"흠, 탈출로를 따르면 노출되기 쉽겠어."

MI6가 제공한 탈출로는 탁 트인 넓은 공간 때문에 추적당할 수 있었다.

"오히려 공원 쪽으로 연결된 건물이 좋겠어."

쳉은 병원 내를 걸으면서 이동 시간을 체크했다.

걷는 시간과 뛰는 시간까지 예상되는 모든 것을 직접 조사하며 머릿속에 넣었다.

그리고 최종적으로 관계자 외 출입 금지라고 쓰여 있는 보안 병동이 있는 건물을 살폈다.

건물마다 2명의 보안 요원이 있는 것과는 달리 보안 병동은 입구부터 4명의 보안 요원이 연발 가스총과 코사크가 사용하는 3단봉을 착용하고 있었다.

"흠, 감시 카메라의 위치가 절묘하군. 병동으로 들어가기 위해서는 무조건 노출할 수밖에 없는 구조야."

보안 병동 입구로 걸어가는 길은 몸을 숨길 만한 곳이 전혀 없었다.

보안 카메라도 과할 정도로 많이 설치되어 있었다.

"4명을 처리하고 들어가도 문제가 되겠어."

보안 병동 내에 있는 보안 요원들도 문제지만, 2명의 보안 요원이 각 건물과 보안 병동을 불규칙하게 둘러보고 있었다.

4명의 보안 요원이 쓰러져 있는 것을 확인한다면 곧바로 지원 인력이 동원될 수 있었다.

더구나 보안 병동의 내부 구조를 모르는 상황에서는 더욱 문제가 되었다.

"들어가서 처리하는 것은 답이 없겠어. 여우를 굴에서 나오게 해야겠지."

쳉이 여러 가지 상황을 종합해서 내린 결론이었다.

2시간 정도를 닉스종합병원에서 보낸 쳉은 발걸음을 호텔로 향했다.

Chapter 15

　송예인은 이른 아침 호텔에서 나와 남산 주변 산책로를 조깅했다.

　아침을 맞이하는 새들의 지저귐이 가득한 산책로를 달리는 사람은 예인만이 아니었다.

"같이 가요."

예인의 뒤쪽에서 화린의 목소리가 들렸다.

예인이 호텔 방에서 나올 때까지 화린은 자고 있었다.

"용케 일어났네."

전날 밤 예인과 화린은 홍콩과 마카오가 아닌 다른 행선지를 찾기 위해 많은 이야기를 나누었고, 그 시간 동안 적지 않은 술을 마셨다.

"언제 나오신 거예요?"

"한국에서 마지막 날이라고 생각하니까, 잠이 오지 않아서."

"한잠도 자지 않은 거예요?"

"잠을 자기에는 시간이 아깝다는 생각이 들어서."

"그래도 절 깨우셔야죠. 이젠 언니가 옆에 없으면 제가 불안해요."

화린은 예인의 옆에 바짝 붙으며 말했다.

"후후! 우리 같은 인연도 없을 거야."

"그러게요. 제가 겁도 없이 덤볐으니까요."

화린은 예인을 상대하다가 다시는 재기할 수 없을 정도로 크게 다쳤었다.

그때 두 사람이 뛰는 반대편에서 달려오는 한 남자가 있었다.

"잠깐, 이상한 기운을 가진 자야."

예인이 뛰어오는 사내를 보며 말했다. 그는 닉스하얏트에 묵고 있는 전 코드제로 쳉이었다.

쳉 또한 아침 조깅을 위해 호텔을 나선 것이다.

＊　　　　＊　　　　＊

후드티에 달린 모자를 둘러쓴 쳉은 평소대로 아침 조깅을
했다.

어느 장소에 있든지 간에 특별한 일이 아니라면 아침 조깅
을 빼먹지 않았다. 쳉은 달리기가 모든 운동에 근본이라고 여
기고 있었다.

오르막길에서 막 아래로 내려가는 지점에서 눈길이 가는
여인 둘이 달려오고 있었다.

둘 다 흔히 볼 수 없는 미모를 가진 여인들이었고, 그중 한
여인은 절로 눈이 갈 수밖에 없는 대단한 아름다움을 갖추고
있었다.

"후후! 놀라운 미모를 지녔군. 인공적으로 만들어지지 않은
꽃이야."

쳉의 눈길은 반대편에서 달려오는 송예인에게 향해 있었다.
함께 달리는 화란에게서는 인위적인 느낌이 전해졌다.

일을 진행할 때는 웬만해선 여자에게 눈길을 보내지 않는
쳉이었지만, 예인의 모습을 눈에 담고 싶다는 욕망이 꿈틀거
리듯 일어났다.

"양귀비가 다시 태어나면 저런 모습일지도……."

그는 달리는 속도를 조절할 만큼 예인의 모습에서 눈길을 떼지 못했다.

쳉이 예인과 화린을 지나칠 때였다.

'이 느낌은……'

듣기 좋은 음악이 나오는 스피커에서 순간 예기치 못한 날카로운 잡음이 귀를 때렸을 때의 기분 나쁜 느낌이 머리를 강타했다.

너무 강렬한 느낌 때문에 쳉은 자신도 모르게 표정이 찡그려졌다.

그 때문인지 쳉은 달리는 속도가 점점 느려지더니 걸음을 멈추고는 뒤를 돌아보았다.

두 여인은 쳉이 넘어온 오르막을 이제 막 넘어가고 있었다.

"나와 같은 인물이 또 있었군."

같은 극의 자석이 서로를 끌어당기듯이, 쳉은 느낄 수 있었다.

방금 자신을 지나쳤던 아름다운 여인 또한 다중 인격자라는 사실을.

"한데, 어느 정도의 괴물이 자리하고 있길래 날 흔들어놓을 수 있지."

지금까지 경험해 보지 못한 강력한 경고가 몸에 전해진 것이다.

"우릴 쳐다보고 있는데요."

살짝 뒤를 돌아보았던 화린이 말했다.

"내가 저자를 느낀 것처럼 날 느꼈을 테니까."

예인은 크게 개의치 않는 말투였다.

"언니를 느꼈다는 말이 무슨 뜻이에요?"

화린이 궁금한 표정으로 물었다.

방금 지나친 사내에게서 화린은 전혀 이상한 느낌을 받지 못했기 때문이다.

"저자는 나와 같은 자야. 천녀가 내 몸을 차지하려는 것처럼 저자도 다른 인격체를 가지고 있을 거야."

"그래요? 전 평범하게 보였는데."

화린은 예인의 보폭에 맞추어 달리는 속도를 높이며 말했다.

"지금은 평범한 사람처럼 보이지만, 몸 안에 도사리고 있는 인격체는 전혀 다른 모습일걸. 내가 당할 수 있다는 생각마저 들었으니까."

"설마요? 언니와 비교조차 할 수 없지만, 저도 한때는 절 상대할 자가 얼마나 있을까 생각한 적이 있었어요."

화린은 흑천에서도 손꼽히는 후기지수(後起之秀)였다.

"후후! 세상은 넓고 강자는 모래알처럼 많다는 것을 알아야 해. 조심하면 당하지 않지만, 자만심이 가득한 상태에서는 너보다 실력이 떨어지는 사람한테도 당할 수 있어."

"알겠어요. 언니가 그 정도까지 말을 할 정도라면 조심해야죠."

화린은 예인을 전적으로 믿고 따랐다.

예인과 함께하면서 이전에는 생각하지 못했던 것들을 접하고 느꼈다.

"자! 호텔로 가서 씻고, 제주도로 넘어가야지."

밤새도록 화린과 이야기를 나누었지만, 행선지를 정하지 못했다.

우선 차선책으로 서울을 떠나 제주도에서 구체적인 장소를 정하기로 했다.

* * *

경의선 개통을 기념하여 이른 새벽 동이 트기 전부터 비서실과 경호실 직원들과 함께 백두산에 올랐다.

중국이 아닌 북한이 소유한 북쪽 능선을 이용해 오른 것이다.

한민족의 정기가 서려 있는 백두산에 오를 수 있는 사람은 북한에서도 특별히 정해진 사람이 아니면 안 되었다.

닉스홀딩스의 회장이자 신의주특별행정구 장관인 나는 북

한 내의 어디를 가든지 프리 패스였다.

미리 연락을 받은 북측 관계자가 마중 나와 우리 일행을 정중히 안내했다.

우리는 백두산 비루봉 옆에 있는 장군봉에 올라서서 장엄한 천지를 바라보았다.

"정말! 멋지고 장엄한 모습입니다."

"하하하! 출발할 때 날씨를 걱정했는데, 하늘이 무척 청명합니다."

내 말에 김동진 비서실장이 밝은 표정으로 말했다.

한국과 중국 간의 수교로 인해 백두산을 오르는 길이 열렸지만, 북한은 개방되지 않았다.

남북한의 화해 분위기 속에서 개성과 금강산, 그리고 묘향산 관광이 사람들의 입에 오르내리고 있었지만, 백두산은 아직 개방한다는 말이 없었다.

"저도 백두산에 올랐던 적이 있었지만, 날씨가 도와주지 않아서 천지를 제대로 감상하지 못했었습니다. 정말 감개무량(感慨無量)합니다."

김만철 경호실장이 들뜬 표정으로 말했다.

북한의 일반 주민들에게는 백두산 등반이 허락되지 않았다.

김만철도 특별한 기회를 맞이해서 백두산에 올라섰지만, 비와 자욱한 안개 때문에 천지를 제대로 살펴보지 못했다.

천지를 바라보는 일행 모두가 흥분을 감추지 못하는 모습들이었다.

"저 앞에 보이는 중국 측 백운봉도 앞으로 우리가 소유해야 합니다. 그래야 완벽한 천지를 소유했다고 할 수 있겠지요."

난 손을 들어서 훤하게 보이는 반대편 봉우리를 가리키며 말했다.

현재 중국이 소유하고 있는 절반의 백두산에 올랐던 적이 있었다.

"예, 반드시 그래야만 합니다. 이 백두산은 분명 우리 민족의 영산이니까요."

내 말에 김만철이 두 주먹을 불끈 쥐고는 힘 있게 말했다.

"회장님께서 마음먹으셨으니까, 이른 시일 안에 되찾을 수 있을 것입니다."

티토브 정이 김만철의 말에 화답하며 말했다.

"하하하! 땅따먹기처럼 쉽게 되는 일은 아닙니다. 지금처럼 우리가 철저하게 준비해 나간다면 기회가 오겠지만, 방심한다면 그 기회를 영영 놓칠 수도 있습니다."

"맞는 말씀이십니다. 우리가 그렇게 외환 위기에 대해서 경고를 보냈었지만, 정치인과 기업인 모두 우리의 소리에 귀를 기울이지 않았습니다. 지금도 회장님이 하시려는 일들을 이해하지 못하고 반대의 목소리를 내는 정치인과 어리석은 언론들이 있으니까요."

김동진 비서실장이 고개를 끄떡이며 내 말에 전적으로 동조하는 말을 했다.

소빈뱅크는 물론이고 닉스홀딩스 산하 경제 연구소에서 한국의 외환 위기 가능성에 대한 보고서와 함께 경고성 발언을 수시로 했지만, 결과는 IMF 관리 체제로 가고 말았다.

"외부는 물론이고 내부의 적들과도 싸워야 하니, 정말이지 우리 회장님이 아니었으면 이 나라는 벌써 외부 세력에게 모두 먹혀 버렸을 것입니다."

처음부터 나와 함께했던 김만철 경호실장은 한국 내의 공격 세력에 대해 강한 적대감을 표출했다.

러시아와 한국을 이스트와 웨스트 세력에게서 지켜내었다는 것을 아는 사람들은 닉스홀딩스와 룩오일NY의 핵심 관계자들뿐이었다.

"그렇습니다, 남북한의 관계를 이렇게까지 가까이 회복시키고 만들어놓은 이도 회장님이셨으니까요. 더구나 북한의 변화를 끌어내고 발전할 수 있도록 도와주신 일은 아무나 할 수 없는 일입니다."

김동진 비서실장이 맞받아서 나를 칭찬했다.

"하하하! 과한 칭찬을 듣고 있자니 제 얼굴이 화끈거립니다. 어서 천지로 내려가시지요."

두 사람은 내가 진행했던 일들이 남북한의 관계에 어떻게 적용되었는지 너무나 잘 알고 있었다.

그와 함께 목숨을 걸고 혹천과 싸웠던 것과 불의한 정치인들 손에서 이 나라를 구해낸 것도 말이다.

지금도 정의로운 나라와 국민들이 잘살 수 있는 나라를 만들기 위해 고군분투(孤軍奮鬪)하고 있었다.

이 모든 것들은 남북한의 지도자들이 해야 하는 일이었지만 그러한 능력과 준비가 부족했다.

*   *   *

호텔로 돌아온 쳉은 아침 조깅 때 만난 여인을 잊지 못하고 있었다.

"흠, 일을 앞두고 마음을 흔들어놓는군."

호텔에 도착하자마자 찬물로 샤워를 마친 쳉은 소파에 기댄 채 머릿속을 헤집어놓고 있는 예인의 모습을 떠올렸다.

강렬한 인상 때문인지 이전에 느껴보지 못한 감정과 호기심이 물밀듯이 밀려왔다.

그때 갑자기 쳉의 목소리가 변했다.

"낄낄낄! 그 여인이 널 죽일지도 몰라."

쳉의 입에서 들려온 목소리는 늙은 남자의 목소리였다.

"날 우습게 생각하는 거야?"

다시금 입을 열자 원래의 쳉의 목소리가 다시 들렸다.

"아니, 그 여인을 높게 평가하는 거야."

"파웅이 겁먹을 정도로 그 여자가 강하다는 건가?"

노인 목소리의 이름은 파웅이었다.

"겁을 먹은 것이 아니야. 너의 육체가 망가지면 나도 문제가 생기잖아."

그때 다시금 또 다른 목소리가 들려왔다.

"무슨 소리를 하는 거야?"

20대인지 30대인지 나이를 가늠하기 힘든 여인의 목소리였다.

"마야는 자고 있었나? 오늘 아침 쳉이 우리와 같은 존재를 맞닥뜨렸지."

또 다른 목소리의 이름은 마야였다.

"우리와 같은 존재가 또 있다고?"

"내가 강렬한 느낌 때문에 깨어났으니까."

"오! 흥미가 생기는데. 우리와 같은 존재와 맞닥뜨리는 것도 재미있을 것 같아."

"후후! 잘못하면 쳉의 몸이 망가질지도 몰라."

"그 정도라고?"

"그래서 나도 흥미는 생기지만 선뜻 나서기가 힘들어."

"흠, 그럼 곤란한데."

"그냥 살짝 맛만 보면 안 될까?"

쳉이 두 인격체의 말에 끼어들었다. 그 모습이 마치 복화술을 하는 것처럼 보였다.

더구나 각기 다른 인격체가 이야기할 때는 표정과 몸짓마저 달라졌다.

"낄낄낄! 위험을 감수할 정도로 널 자극하는구나."

"생명의 위협을 느낄 정도의 희열을 맛본 지가 너무 오래되어서 말이야."

"그러다가 죽으면."

마야가 나섰다.

"파웅과 마야가 날 지켜야지. 내 몸을 내어준 것은 이럴 때를 위해서잖아."

쳉은 두 인격체의 이야기에 더욱 흥미가 느껴졌다.

지금껏 파웅과 마야 덕분에 그 무엇도 두려워하지 않았다.

MI6에서 코드제로의 임무를 완벽하게 처리할 수 있었던 이유도 두 인격체 때문이었다.

"파웅이 이런 이야기를 할 때는 그만한 이유가 있어서야. 물론, 나도 네가 만난 여인을 만나보면 알 수 있겠지만."

"너도 만나보고 싶어 하는군. 민주적으로 처리하는 것이 어때?"

"무슨 뜻이냐?"

파웅이 쳉의 말에 물었다.

"다수결로 하자는 말이야. 세 사람 중 두 사람이 반대하면 그 여인을 만나지 말고, 찬성하면 만나보는 거지."

"낄낄낄! 잘못하면 평생 누워 있을 수도 있는데도 모험을 하자는 거야?"

"그 누구도 두려워하지 않던 파웅이 이런 말을 하니까, 더욱 궁금해서 미치겠어. 마야는 궁금하지 않은가 보지?"

쳉은 예인의 몸에 있는 괴물을 경험하고 싶었다.

"궁금하긴 한데, 파웅의 말이 걸리기는 해."

"그럼, 결정해. 너와 같은 괴물을 만나든지 아니면 이대로 별 볼 일 없는 일을 끝내고 홍콩으로 돌아가든지 말이야."

"낄낄낄! 난 반대야. 나이가 들면 모험보다는 안정적인 것이 좋아지니까."

파웅은 예상한 대로 반대표를 던졌다.

"난 찬성. 이대로 재미없는 일을 하고 홍콩으로 돌아가면 다시금 지루한 일상이 기다리잖아."

쳉이 자신을 비추고 있는 거울을 보며 말했다.

"흠, 그러면 몸이 망가질 정도로 덤비지는 마."

"그렇게 하지. 코드제로에서 은퇴한 상황에 목숨을 버릴 생각은 없어. 단지 스릴을 조금 느끼고 싶을 뿐이야."

"그럼, 나도 찬성."

"하하하! 좋은 결정이야. 아마 아주 즐거울 거야."

쳉은 만족스럽게 웃으며 말했다.

지금껏 괴물과 괴물이 만난 적은 없었기 때문이다.

*　　　　　*　　　　　*

일본 우익의 천지회를 이끄는 세지마 류조의 집에 미쓰비시 종합상사의 사사키 회장이 찾아왔다.

도쿄의 중심가에 있는 그의 집은 750평에 이르는 부지 위에 지어진 저택이었다.

도쿄에 사는 일반인이 꿈도 꿀 수 없는 크기의 집과 아름다운 일본식 정원을 가지고 있었다.

일본의 신대동아공영을 이루기 위해서 천지회의 세지마와 미쓰비시 종합상사의 사사키가 중심이 되어 이스트 세력과 손을 잡았고, 이들은 아시아 외환 위기에 따른 한국 국가 부도 위기의 방아쇠를 당기는 역할을 담당했다.

외환 위기 당시 일본 자금이 제일 먼저 한국에서 발을 뺐고, 그게 신호가 되어 도미노처럼 외국 자본이 빠져나갔다.

IMF 구제금융을 받기 전 김영삼 정부가 다급하게 자존심을 구겨가며 일본에 협조 융자 요청을 했지만, 미국을 핑계 삼아 거절했다.

이스트와 웨스트 세력이 먹잇감으로 삼은 동남아시아와 한국, 그리고 러시아를 내주어야만 일본이 안전했기 때문이다.

한때 기세등등하게 이스트에 대항하려 했던 일본에게 돌아온 것은 플라자 합의에 따른 잃어버린 10년이었다.

더구나 무섭게 성장해 가는 한국이 흔들려야만 일본이 편했다.

북한과 남한이 물과 기름처럼 영원토록 갈라서고, 서로를 향해 적대적인 행위를 하는 것이 일본에게 큰 이익이자 국익에 도움이 되었기 때문이다.

남북한의 대결이 지속하여야만 남한 정부가 일본의 영향력에서 벗어나지 못한다.

세지마의 영향력 아래에 놓인 일본의 자민당도 이러한 남북한의 환경을 이용하여 장기 집권할 수 있었다.

한마디로 북한의 호전적인 위협과 남한에 대한 경제적 우위를 이용하여 손쉽게 정치를 할 수 있는 토대를 만든 것이다.

그러나 지금까지 이어진 이러한 상황들은 닉스홀딩스와 남북한의 화해 분위기 때문에 흔들리고 있었다.

"닉스홀딩스의 자금력이 저희가 생각했던 것보다 더 대단해 보였습니다. 러시아의 소빈뱅크와도 밀접한 관계를 맺고 있는 것 같습니다. 이 때문에 한국 내 다른 기업과는 전혀 다른 행보를 보이는 중입니다."

미쓰비시 종합상사는 닉스홀딩스의 자금력과 계열사들의 실적을 알아보았다.

"흠, 닉스홀딩스 때문에 한국이 우리의 의도대로 움직이지 않는다는 것이 문제야. 외환 위기로 인해 일본과 경쟁하는 한국의 제조 업체들이 상당한 타격을 받아야 하는데도 그 여파가 작다는 거지."

한국의 위기가 세지마의 예상했던 것과는 전혀 다른 방향으로 진행되고 있었다.

일본 업체와 경쟁하는 반도체, 가전, 자동차, 조선, 철강, 화학, 정유 업종들의 구조조정이 빠르게 진행되었고, 상당수 업종이 닉스홀딩스가 영향 아래에 들어갔다.

더구나 계획에도 없던 일본의 엔화 강세 여파로 인해 한국과 경쟁하는 상당수 업종들의 수출이 큰 폭으로 줄어들었다.

"한국 정부가 경쟁력이 떨어지는 기업들을 빠르게 정리하고 있습니다. 오히려 반도체와 조선, 철강, 화학, 정유 업종들에 대한 경쟁력이 이전보다 강화된 모습입니다. 한국 제조업체의 알맹이들을 빼먹으려고 했던 이스트와 웨스트도 미국 내 헤지펀드 사태로 인해서 계획대로 진행하지 못했습니다."

일본의 천지회가 이스트와 웨스트에 협조한 이유는 단 하나, 한국 경제를 뒤흔들어 놓기 위해서였다.

계획한 대로 한국은 IMF가 찾아왔고, 예상대로 은행과 기업들이 쓰러졌다.

이와 함께 주식시장과 함께 금융시장을 활짝 개방할 수밖에 없었다.

그러나 오히려 국제 경쟁력이 뒤떨어져 망할 수밖에 없던 은행과 기업들을 골라내준 것처럼, 시간이 지날수록 구조 조정이 끝난 한국 기업들의 경쟁력이 살아나고 있었다.

"이스트 놈들의 욕심 때문이야. 먹잇감을 입에다 넣어다 준 꼴인데도 일을 망쳤으니까. 오히려 도움을 준 우리를 공격했잖아."

세지마는 얼마 전에 일어난 일본 엔화 공격에 이스트의 금융 세력이 참여한 사실에 분개했다.

이로 인해 일본 은행은 4백억 달러가 넘어서는 손실이 발생했고, 지금도 엔화 강세 여파로 인해 수출 기업들이 어려움을 겪고 있었다.

"놈들은 하이에나들입니다. 조금만 방심하고 약점이 보이면 물불을 가리지 않는 놈들이지요. 문제는 여기에 소빈뱅크까지 합세해서 우리를 어렵게 했다는 점입니다."

"제 앞가림도 못 하는 러시아 놈들이 어떻게 세계적인 은행을 키워냈는지 아직도 이해할 수가 없어. 러시아가 어려움에 빠져야 우리가 빼앗긴 사할린과 쿠릴열도를 되찾아올 수 있는데 말이야."

세지마는 2차 세계대전 패망으로 러시아에 빼앗긴 쿠릴열도 외에도 사할린까지 일본의 영토로 생각하고 있었다.

쿠릴열도는 러시아 동부 사할린주에 속한 열도로 캄차카 반도와 일본 홋카이도 사이에 56개의 섬과 바위섬들을 말한다.

"러시아의 경제도 최악의 상황을 넘긴 것으로 판단하고 있습니다. 그 역할을 러시아 정부가 아닌 룩오일NY가 해낸 것 같습니다. 계열사인 소빈뱅크는 러시아에 260억 달러의 자금을 보관하고 있다고 공식적으로 발표했습니다. 여기에 룩오일 NY Inc도 원유와 가스 판매 대금으로 125억 달러를 확보했다고 확인해 주었습니다."

룩오일NY가 소유하고 있는 두 기업이 발표한 외환 보유 금액만 385억 달러였다.

외환 보유 금액을 공식적으로 확인해 주지 않던 두 기업의 발표로 러시아의 외화 보유율이 크게 상승했다.

"흠, 우리가 원하는 방향이 아니야. 러시아도 그렇고 한국도 우리가 계획했던 것과는 전혀 다르게 움직이고 있어."

한국과 러시아 모두 IMF에 구제금융을 신청할 정도로 경제 상황이 최악으로 치달았다.

한국은 일본에 더욱 의존하는 경제로 만들고, 러시아는 쿠릴열도를 일본에 반환할 수밖에 없는 경제 상황으로 유도하려고 했다.

하지만 두 나라 모두 세지마가 원하는 방향으로 움직이지 않고 있었다.

"룩오일NY의 성장이 정말 무섭습니다. 미국에 진출한 소빈뱅크가 베어스턴스와 타이거투자관리사를 인수한 이후부터 유럽과 미국의 다국적기업들이 소빈뱅크와 거래하고 있습니다. 더구나 타이거펀드에서 투자했던 항공사주들이 급등하는 바람에 상당한 이익이 발생했다고 합니다."

타이거펀드는 유나이티드항공(UAL)과 US항공에 집중적으로 투자했었다.

"도대체 룩오일NY를 움직이는 표도르 강이 누구길래 우리도 못 한 일들을 해내고 있는 거지?"

"미스터리한 인물입니다. 러시아의 방송과 신문에도 모습을 일절 비추지 않고 있습니다. 초창기에 찍었던 신문사의 사진들도 모두 삭제되었습니다. 표도르 강은 러시아의 키리엔코 대통령과도 사진을 찍지 않는다고 합니다."

한 나라의 대통령과 함께 찍은 사진은 누구나가 원하는 일이었다.

더구나 러시아의 최고 권력자인 대통령과 사진을 찍지 않는다는 것은 그를 무시하는 행위로 비칠 수도 있었다.

사사키 회장은 미쓰비시 비서실과 모스크바 연락 사무실에서 조사한 내용을 말해주었다.

"표도르 강이 키리엔코 대통령을 조종한다는 이야기도 들리던데. 그 말이 사실인가?"

"긴밀한 관계인 것은 확실한 것 같습니다. 그리고 키리엔코와 언제든지 독대할 수 있다는 소리를 들었습니다."

"대국이라는 자존심 때문에 다른 나라의 지도자들도 무시하는 키리엔코가 유독 표도르 강에게는 협조적이다. 러시아에서 우리가 원하는 것을 얻어내려면 표도르 강을 만나야 한다는 말이군."

세지마는 사사키의 말의 핵심을 바로 파악했다.

"그래야만 값싼 러시아의 원유와 천연가스도 도입할 수 있습니다. 올해 말이면 경의선 개통에 이어서 신의주와 연결된 러시아의 파이프라인이 서울과 대전까지 연결됩니다."

신의주에 연결된 파이프라인은 평양과 개성을 통과해 최종적으로는 서울을 거쳐 대전까지 연결된다.

일본과 가까운 부산까지의 연결은 아직 결정되지 않았다.

만약 일본까지 파이프라인이 연결되면 일본은 중동의 석유를 의존하지 않아도 된다.

"도대체가 이런 일들을 한국과 러시아가 진행할 수 있었다는 것이 이해할 수가 없어. 어떻게 이런 생각들을 실행에 옮길 수 있단 말이야."

한국에 대해 충분히 알고 있다고 생각한 세지마는 지금 사사키가 이야기하는 일들에 대해 이해가 되지 않았다.

세지마가 아는 한국 정부와 기업들은 국가의 운명을 바꿀 수도 있는 경의선 철도의 복원과 북한을 통과하는 파이프라인 공사를 진행할 능력이 안 되었다.

그러나 어느 순간 일사천리로 모든 일이 진행된 것이다.

"이 모든 공사를 룩오일NY와 닉스홀딩스가 주도적으로 진행했습니다. 러시아와 북한과 연관된 문제들을 닉스홀딩스의 강태수 회장이 풀어냈다고 합니다. 그는 지금 신의주특별행정구의 장관까지 역임하고 있습니다."

"표도르 강도 문제지만 강태수가 더욱 문제라는 거잖아. 이런 인물들이 동시에 두 나라에 나타났다는 것이 우리에게는 불행한 일이야. 우선 강태수에 대해 면밀히 조사를 해봐야겠어. 우리의 앞길을 막는 인물이면 다른 수단을 써서라도 조치를 해야 하니까."

세지마는 신대동아공영의 길을 막아서는 인물을 그대로 두고 볼 수 없었다.

지금 닉스홀딩스를 이끄는 강태수 회장이 천지회가 우려하
는 일들을 진행하고 있었다.

한국 경제가 도약할 수 있는 물류 혁신과 자원 획득을 말
이다.

Chapter 16

쳉은 호텔을 나섰다.

아침 조깅 때 만난 여인을 만나기 위해서였다.

쳉은 두 여자가 신라호텔에 머문다는 것을 확인한 후에 호텔로 돌아왔다.

"우선은 사람들이 없는 곳으로 끌어들여야겠지."

가장 좋아하는 단검을 챙겨 든 쳉의 입가에는 묘한 미소가 지어졌다.

지금껏 자신이 지닌 실력을 모두 쏟아부을 정도의 실력자를 만나지 못했다.

그 전에 이미 죽음을 맞이했기 때문이다.

하지만 오늘은 지금껏 해보지 못한 것들을 마음껏 펼칠 수 있다는 생각이 쳉을 즐겁게 만들었다.

"이제 슬슬 가볼까?"

예인은 가볍게 챙긴 가방을 들며 말했다.

"정말 후회하지 않는 거죠?"

화린은 지금까지 이룩해 놓은 모든 것을 버리겠다는 예인의 말에 다시금 물었다.

"내가 원하는 것은 조용하게 사는 거야. 완벽하게 천녀를 떨쳐내면 그때는 태수 오빠를 다시 보러 올 거고."

"알았어요. 그게 언니의 뜻이라면 따라야지요. 하지만 아쉬운 것은 사실이에요. 마카오와 홍콩을 손에 넣었는데 말이에요."

"더는 이 손에 피를 묻히기 싫어."

화린이 말한 것들 때문에 자신이 원하지 않은 일들을 저질렀다.

자신의 몸을 차지했던 천녀가 했던 일이지만 그걸 믿어주는 사람은 화린뿐이었다.

"저는 언니가 하자는 대로 할 거예요. 하지만 천녀님이 다시 돌아오면 저도 어쩔 수가 없어요."

화린은 예인의 말도 들어야 했지만 천녀의 말에도 복종해야
만 했다.

"그렇게 하도록 내버려 두지 않을 거야. 만약 그렇게 된다
해도 널 원망하지는 않아."

화린의 입장을 예인은 이해했다.

천녀가 다시금 예인의 몸을 차지하면 홍콩으로 돌아갈 것
이 분명했기 때문이다.

"이해해 줘서 고마워요."

"이제 출발할까?"

"예, 제주도에서도 좋은 일이 많았으면 좋겠어요."

"그럴 거야."

예인이 말을 마칠 때였다.

쾅!

호텔 주차장이 있는 쪽에서 폭발음이 들려왔다.

"무슨 일이지?"

예인과 화린은 창문으로 다가가 주차장이 있는 방향을 쳐
다보았다.

십여 대의 차들이 심하게 파손된 채로 불길에 휩싸여 있었
다.

그와 함께 화재경보기가 심하게 울리기 시작했다.

"일단 밖으로 나가자."

예인은 챙겨놓은 짐 가방을 들고는 호텔 방을 나섰다.

복도로 나오자 폭발음과 화재경보기 소리에 놀란 사람들이 우왕좌왕하면서 엘리베이터가 있는 쪽으로 몰려들었다.

하지만 어찌 된 영문인지 엘리베이터가 작동하지 않았다.

전원이 끊긴 것처럼 버튼을 눌러도 아무런 반응이 없었다.

"비상구로 가자."

예인과 화린은 8층에 머물렀다.

호텔에 있던 사람들도 다시금 비상구와 계단을 통해서 빠르게 밖으로 빠져나가기 시작했다.

예인과 화린이 4층에 도착했을 때 다른 사람들과 달리 위로 올라오는 인물이 있었다.

"저리 비켜!"

마치 누군가를 찾는 것처럼 사람들을 헤치며 올라오자 급하게 내려가던 한 사내가 신경질적으로 반응했다.

"어!"

올라오는 사내를 아래로 밀치려고 하는 순간, 오히려 뒤로 강하게 밀려나며 벽에 부딪쳤다.

쿵!

사내는 충격에 그대로 바닥으로 쓰러졌다.

그러자 밑으로 내려가던 사람들이 위로 향하는 사내에게

길을 열어주듯이 옆으로 피했다.

그때야 예인은 올라오는 사내의 정체를 정확히 알 수 있었다.

사내는 아침 조깅 때 보았던 쳉이었다.

"저자는 남산에서 본 사람이잖아요?"

"날 찾아왔군."

"언니를 왜요?"

화린이 예인을 쳐다보며 물었다.

"자기와 같은 존재에 대한 호기심이 발동했는지도 모르지."

"제가 처리할까요?"

"아니, 나도 궁금하긴 해. 어쩌면 천녀를 해결할 방법을 알지도 모르니까."

예인은 천천히 밑으로 내려갔다.

쳉 또한 내려오는 예인을 보았는지 그 자리에서 멈춰 섰다.

*   *   *

남산 안쪽, 사람들이 잘 지나지 않는 한 공터에 송예인과 쳉이 마주했다.

예인은 신라호텔에서 순순히 쳉을 따라나섰다.

"하하하! 역시나 느낌이 달라."

예인을 보며 즐겁게 웃는 쳉은 몸을 가늘게 떨었다.

예인에게서 풍겨오는 알 수 없는 기운이 자신의 몸을 옭아매는 느낌마저 들었다.

"후후! 날 느낄 수 있다는 것은 너도 보통이 아니라는 소리군."

"그렇지 못했다면 널 알아보지 못했을 거다. 난 지금 너무 흥분되어 참을 수 없을 정도야."

쳉은 쓰고 있던 후드 티의 모자를 뒤로 넘기며 말했다.

그러자 동양인의 얼굴에 파란 눈을 가진 이질적인 모습이 드러났다.

"조금 있으면 날 만난 걸 크게 후회하게 될 텐데."

예인은 담담한 표정으로 말했다.

"후회할지 안 할지는 내가 정하는 거야. 지금까지 나에게 그런 식으로 말한 인물들 모두가 후회했으니까."

쳉은 두 손을 위로 들어 올리며 격투 동작을 취했다.

"그래, 그 말이 얼마나 어리석은 말인지를 알려주지."

예인은 아무 동작도 없이 천천히 쳉을 향해 걸어갔다.

"후회하게 해줘봐."

쳉은 예인의 행동에 당황하지 않고 두 손을 가볍게 쥐었다. 자신이 제일 잘하는 방법으로 예인을 상대하려는 것이다.

MI6의 코드제로가 되기 위해서는 세계 각국의 무술을 종합적으로 분석하여 살인에 가장 효과적인 방법을 찾아 만든 격투술을 습득해야만 한다.

러시아의 시스테마와 이스라엘의 크라브마가처럼 실전에 사용할 수 있는 무술들을 말이다.

수많은 실전을 경험한 쳉은 스스로 경험에서 나오는 실전 격투술을 사용했다.

휙!

공기를 가르는 소리와 함께 쳉의 두 손이 예인의 얼굴로 향했다.

그 움직임과 빠름이 예상을 뛰어넘었다.

'빠르고 강하다.'

뒤에서 지켜보고 있던 화린의 눈이 순간 커졌다.

예인이 왜 쳉에 대해 조심하란 말을 했는지 알 수 있는 동작이었다.

"후후! 날 시험하는 건가?"

그런 와중에서도 예인은 별다른 움직임 없이 고개를 두 번 움직이는 것만으로 쳉의 공격을 가볍게 흘렸다.

"역시! 예상한 대로야."

쳉은 흥분한 말투였다. 자신의 공격을 이런 식으로 피한 이는 처음이었다.

쳉은 다시금 속도를 올려 예인에게 손을 뻗었다.

마치 두 손이 네 개로 늘어난 것처럼 보였다.

이번에는 예인도 손을 썼다.

퍽!

강렬한 타격음이 들리자마자 쳉이 두 발짝 뒤로 밀려났다.

"놀라워! 어떻게 한 거지."

단 한 수로 쳉의 공격을 무력화시키면서 공격한 것이다.

예인의 공격을 막아낸 두 팔에 얼얼할 정도의 충격이 전해졌다.

"말해줘도 너는 알지 못해."

이번에는 예인이 먼저 움직였다.

움직였다는 생각이 들었을 때 이미 쳉의 가슴으로 예인이 손바닥을 뻗어왔다.

'뭐야?'

생각할 사이도 없이 저절로 쳉이 손이 위로 올라가면서 예인의 손을 쳐내려고 했다.

퍽! 팍!

두 번의 타격음이 들리면서 쳉이 다시금 뒤로 서너 걸음 물러났다.

"호호호! 이거 완전히 괴물이잖아."

여자 웃음소리와 함께 쳉의 목소리가 중년의 남자 목소리에서 젊은 여자로 바뀌었다.

"후후! 다른 인격체인가?"

"난 마야라고 해. 네가 죽이려고 했던 인물은 쳉이라고 하지."

예인에게 말을 하는 마야의 목소리는 완벽한 여자였다.

"넌 스스로 나타날 수 있나 보지?"

"물론이지. 쳉의 몸이 망가지면 안 되니까."

"쳉이 스스로 만들어낸 인물인가?"

"호호호! 쳉이 날 만들었다고. 난 나일 뿐이야. 넌 네 속에 있는 또 다른 괴물을 불러내지 않을 거야?"

"그럴 필요가 없으니까."

"오! 대단한 자신감인데."

마야는 예인의 말에 놀라는 표정을 지었다.

"쳉이 널 믿고 날 찾아왔다면 온전한 몸으로는 갈 수 없을 거야."

"호호호! 재미있는 애야. 하긴 그래서 나도 널 만나고 싶었으니까."

"그럼, 마야의 실력을 한번 볼까?"

예인이 다시금 움직였다.

움직였다는 느낌이 들었을 때는 이미 마야의 얼굴에 예인의 다리가 향했다.

사악!

공기를 가르는 소리와 함께 강렬한 타격음이 들렸다.

픽!

주르륵!

예인의 발차기에 마야가 차지한 쳉의 몸이 옆으로 밀려났다.

놀랍도록 빠른 공격이었지만 마야는 예인의 공격을 막아냈다. 하지만 그게 끝이 아니었다.

마야가 자세를 잡기도 전에 옆으로 몸을 회전한 예인이 발차기가 다시금 마야에게로 향했다.

이전보다 더욱 빠르고 강력한 발차기였다.

팍!

마야는 이전처럼 맞받아치지 않고 몸을 구르듯이 움직여 피했다.

찰나의 차이로 예인의 발이 마야가 있던 땅을 찼다.

예인의 공격을 간신히 피한 마야는 이제 웃지 않았다.

안정되고 낮은 자세를 취한 마야는 자신을 바라보는 예인의 움직임을 주시했다.

마야가 사용하는 무술은 펜칵실랏으로, 말레이시아, 싱가포르, 인도네시아, 부르나이 등 동남아 지역의 전통 무술이다.

실전성이 높은 무술로서 세계 각국의 특수부대와 경호원들이 수련한다.

"피하는 재주 하나는 갖추었군."

"정말 놀라워! 어떤 식으로 공격했는지 알아챌 수가 없었어."

마야는 진심으로 예인의 공격을 높이 평가했다.

"이번에는 너의 재주를 보여줄 차례인 것 같은데."

예인은 마야에게 들어오라는 손짓을 보냈다. 마야가 지닌 실력을 확인하고 싶었다.

"진심으로 대해주지."

말이 끝나자마자 마야는 몸을 구르듯이 예인이 있는 곳으로 빠르게 움직인 후, 순간 땅을 박차고 메뚜기처럼 뛰어 올랐다.

움직임이 독특했지만, 순간적인 빠르기가 대단했다.

퍼퍽퍽! 팍!

마야의 손과 발이 번갈아가며 예인의 얼굴과 몸을 향했다.

네 번의 공격 중 두 번의 공격은 허수까지 섞었다.

연속된 공격 중 무엇이 허수인지 가려내기 힘들 정도로 빨랐다.

그러나 예인은 마야의 공격을 별스럽지 않게 여겼다.

예인이 네 번의 공격을 가볍게 막아내자 마야는 다시금 뒤로 물러나며 거리를 벌렸다.

"후후! 특이한 동작으로 눈을 현혹하는 건가?"

마야는 공격 중에 연체동물처럼 괴이한 움직임을 보여주었다.

"이런, 내가 생각했던 것보다 더 뛰어나군."

마야는 예인의 말에 고개를 흔들며 말했다.

지금까지 자신의 공격이 이렇게 무력하게 막힌 적은 없었다.

"그럼, 이제 끝을 내볼까."

예인이 다시금 움직이려고 할 때였다.

마야의 고개가 아래로 조금 숙여지면서 입꼬리가 아래로 내려갔다.

그러고는 전혀 다른 목소리가 들려왔다.

"낄낄낄! 그렇게 말렸는데 듣지를 않아."

*   *   *

신의주특별행정구의 직접적인 영향력 아래에 있는 룡천군,

피현군, 의주군이 빠르게 변화하고 있었다.

신의주시와 특별행정구에 보조적인 역할을 하는 세 개의 군에는 새로운 신식 건물들이 하나둘 모습을 드러냈다.

신의주 시장에서 돈을 번 전주들이 땅을 빌려서 건물을 세우고 있었다.

신의주시에서 감당할 수 없을 정도로 사람들이 몰리자 필요한 숙소들과 창고 건물, 그리고 회사가 들어설 상업용 건물들이 자연스럽게 세워졌다.

북한 내에는 물론이고 중국, 몽골, 러시아, 남한, 대만, 일본, 홍콩, 동남아, 미국, 유럽 등 전 세계에서 신의주특별행정구와 신의주시를 찾고 있었다.

특별행정구 내의 기업들을 방문하는 바이어와 관광객들은 물론이고 값싸고 질 좋은 물건을 사기 위해서 찾아오는 도매상과 보따리 상인들이 몰려들었기 때문이다.

여기에 소빈뱅크가 대대적인 투자를 통해서 국제금융 거래 단지를 신의주특별행정구 내에 조성하자 해외 금융기관들이 하나둘 지점을 개설하기 시작했다.

신의주특별행정구는 기업의 법인세 외에는 개인들에 대한 소득세를 부과하지 않았다.

법인세율도 10% 내외로 경쟁 관계에 있는 홍콩, 대만, 싱가포르의 17%와 비교해 무척 저렴했다.

여기에 부가가치세와 관세가 없었기 때문에 기업을 운영하고 꾸려 나가는 데 최고의 조건이었다.

"골드만삭스와 리먼브라더스가 새롭게 입주를 했습니다. 다음 달에는 독일의 도이체방크와 HSBC은행이 들어올 예정입니다."

신의주특별행정구 내에 조성된 금융 단지에 입주 예정인 은행들을 소빈서울뱅크의 책임자인 그레고리가 설명했다.

금융 단지 내에 세워진 최첨단 55층 소빈금융타워 외에도 세 개의 초고층 건물들이 더 세워지고 있었다.

"동북아의 새로운 금융 허브를 뺏기지 않으려고 하는군."

"북한의 빠른 성장과 함께 경의선 개통에 따른 한반도종단철도망(TKR)과 시베리아횡단철도(TSR)의 연결에 대한 경제적 효과를 100조 이상으로 보고 있습니다. 여기에 신의주특별행정구의 수출 연계와 북한 내 지하자원 개발 사업에도 80조 이상의 경제적 효과가 발생할 것으로 예측했습니다."

180조 원의 막대한 경제적 효과 창출에 대한 보고서는 소빈뱅크는 물론 북한에 진출을 서두른 골드만삭스가 예측한 일이다.

홍콩의 3대 은행 중 하나인 HSBC은행이 신의주특별행정구에 서둘러 진출한 것도 이런 돈의 흐름을 본 것이다.

"후후! 180조라. 내가 생각할 때는 200조 이상의 경제적 효과가 발생할 것 같은데 말이야."

"룩오일NY와 닉스홀딩스가 진행하는 사업들을 제대로 알지 못하기 때문에 나오는 평가입니다. 소빈뱅크 보고서도 외부의 견제를 생각해서 경제적 효과를 최소로 잡았습니다."

신의주특별행정구의 부상과 북한 경제의 성장을 가장 우려하는 곳은 중국과 일본이었다.

북한이 미국과 가까이하려는 의도를 막기 위해서 중국은 신의주특별행정구의 일방적인 중국 내 수출을 묵인하고 있었다.

현재 중국에서 북한으로 들어오는 수입 품목은 현저히 줄었다.

중국에서의 원유 수입과 원조는 러시아와 파이프라인이 연결됨으로써 이전보다 50% 이상 감소했다.

현재 중국에서 북한으로 가장 많이 들어오는 것은 식량으로 사용하는 쌀과 옥수수였다.

"중국이나 미국이 생각지도 못할 때 치고 나가야 해. 저들의 견제가 시작되면 북한의 경제 성장도 한계가 생기게 되니까."

미국과 중국은 경제 성장에 필요한 인프라가 부족한 북한의 한계성을 알고 있었기 때문에 특별한 경계를 하지 않고 있었다.

더구나 한국의 IMF로 인해서 북한을 경제적으로 도울 수 있는 상황도 아니었다.

"북한 당국이 경의선 사용료와 북한 내 파이프라인 이용료 모두를 철도와 발전소 건설에 투입한다는 것은 올바른 결정입니다."

북한이 가지고 있는 지분에 따라 경의선 사용료와 북한을 통과하는 파이프라인의 이용료를 매달 달러로 받았다.

향후 한반도종단철도망을 이용하여 유럽으로 수출하려는 기업들이 기하급수적으로 늘어날 것이기 때문에 수입도 그에 비례하여 더욱 늘어날 것이다.

"신의주특별행정구 하나로는 북한의 경제를 일으킬 수 없다는 것을 김평일도 잘 알고 있는 거지. 북한 주민의 삶의 질이 달라지고 있는 지금 승부를 걸어야 해."

북한은 김평일의 등장으로 모든 분야에서 변화하고 달라지고 있었다.

김정일이 통치할 때보다 더 자유로워지고 주민들의 삶의 질도 빠르게 좋아졌다.

이러한 점 때문에 북한 주민들은 김평일을 전폭적으로 지지하고 있었다.

문제는 북한의 경제 성장을 신의주특별행정구와 그 영향력 아래에 있는 지역들이 주도한다는 것이다.

"문제는 대규모 투자를 할 수 있는 국내 기업들의 상황이 좋지 않다는 점입니다. 그렇다고 미국이나 일본 기업들을 받아들이기에는 미래에 이익을 그들에게 주는 꼴이니까요."

김동진 비서실장의 말이었다.

"저도 그 점이 걸리는 상황입니다. 저희가 모든 것을 할 수 있는 것은 아니니까요. 미국과 일본 기업들이 북한에 진출하게 되면 중국의 견제가 노골화될 수 있다는 것도 걸리는 부분입니다."

중국은 북한이 중국의 영향력 아래에 있기를 원했다.

그러한 점 때문에 신의주특별행정구의 영향력 확대를 어느 정도 묵인하는 분위기였다.

그때였다.

회의실로 급하게 김만철 경호실장이 들어왔다.

"신라호텔에 테러가 발생했다고 합니다. 그리고 여기를 보십시오."

김만철 경호실장이 내보인 사진에는 송예인과 화린이 모습이 나란히 들어 있었다.

"이건! 예인이 같은데요."

놀란 눈으로 김만철 비서실장을 쳐다보았다.

"예, 저도 그런 것 같아서 회장님께 가지고 왔습니다."

국내 정보팀에서 입수한 신라호텔 CCTV 영상 내 사진이었
다.

『변혁 1998』 4권에 계속…

초대형 24시 만화방

신간 100%, 샤워실, 흡연실, 수면실(침대석), 커플석, 세탁기 완비

▪ 광명 광명사거리역점 ▪

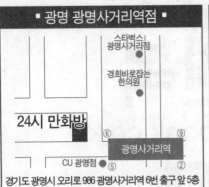

경기도 광명시 오리로 986 광명사거리역 6번 출구 앞 5층
02) 2625-9940 (솔목타워 5층)

▪ 강북 노원역점 ▪

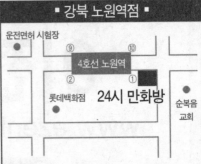

서울 노원구 상계동 340-6 노원역 1번 출구 앞 3층
02) 951-8324 (화용빌딩 3층)

▪ 일산 정발산역점 ▪

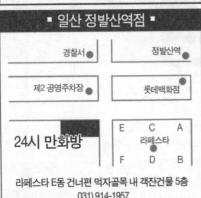

라페스타 T동 건너편 먹자골목 내 객잔건물 5층
031) 914-1957

▪ 일산 화정역점 ▪

경기도 고양시 덕양구 화정동 984번지 서일빌딩 7층
031) 979-4874 (서일사우나 건물 7층)

▪ 부천 역곡역점 ▪

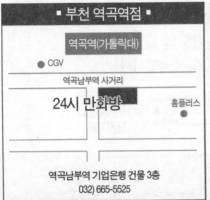

역곡남부역 기업은행 건물 3층
032) 665-5525

▪ 부평역점 ▪

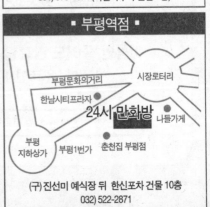

(구) 진선미 예식장 뒤 한신포차 건물 10층
032) 522-2871

가프 현대 판타지 소설

부검 스페셜리스트

MODERN FANTASTIC STORY

법의학의 역사를 바꿔주마!

때려죽여도 검시관은 되지 않을 거라던 창하.
하지만 그에게 주어진 운명은
생각지도 못하던 것이었는데…….

"내 생전의 노하우와 능력치를 네게 이식해 줄 것이다."

의사는 산 자를 구하고, 검시관은 죽은 자를 구한다.

사인 규명 100%에 도전하는
신참 부검 명의의 폭풍 행보!

FUSION FANTASTIC STORY

레전드급
낙오자

홍성은 장편소설

인생의 낙오자 이진혁, 반전을 꿈꾸다!

"이 정도 빚 따위,
플레이어로 성공하고 나면 아무것도 아니야."

**기다리고 기다리던 튜토리얼 세계로의 입장.
그런데……**

"…뭐야, 여긴?"

**전설이 되어버린 남자,
이진혁의 모험이 시작된다!**

Book Publishing CHUNGEORAM

유행이 아닌 자유추구 -
WWW.chungeoram.com